JN258532

江戸怪談を読む

猫の怪

ねこのかい

横山泰子／早川由美／門脇大／今井秀和／飯倉義之／鷲羽大介／朴庾卿／広坂朋信　著

白澤社　発行

〈前口上〉

猫が好きなの？　嫌いなの？

横山泰子

「日本人は猫が好きなのか？　それとも嫌いなのか？」と外国人に質問されたら、何と答えたらよいのだろうか。

以前、日本の猫文化に興味を持っているというドイツ人から、私はかくの如き質問を投げかけられた。その人いわく、

「日本における猫の人気は特別のものである。国中のさまざまなところで猫を見かけるし、人々は猫をとてもかわいがっている。アートや映画、文学や漫画にも猫はよく登場する。猫の島や猫をまつった神社もある。しかし、その一方で化け猫の話もあって、猫は怖い動物とも思われている。」

日本における猫の人気はたしかに高い。猫がかわいい動物として愛される一方で、どこか得体の知

れない不思議な生き物として認識されてもいる。日本各地には猫の怪談が語り伝えられ、猫は霊的な動物として信仰の対象ともなっている。猫を愛しつつその霊力を怖れる日本人の心のあり方は、日本で暮らしている限りは当たり前とみなされがちだが、ひとたび外から見れば、猫を好いているようで嫌っているようでもある文化はそれ自体が不思議で「日本人は猫が好きなのか、嫌いなのか、どちらなのか」とたずねたくなるのだろう。そこで、

「好きか嫌いかという簡単な二者択一では答えられないグレーゾーンが、日本におけるヒトとネコの間に広がっている。日本における『猫の怪』は、この国のヒトとネコの間の複雑な関係を見事にあらわした、重要な精神文化であると考えられる。化け猫の物語は、ヒトがネコに対して抱く二つの感情『かわいいから好き』と『怖いから嫌い』を同時にすくいあげているからだ。だから、日本人の猫文化を知るためには、猫の怪談についても知らねばならない……。」

大方そんな内容の話を私がしゃべっているうち、相手は「日本人が猫を愛しながら畏れているところが面白い」と理解し、納得してくれた（ようだった）。

猫の怪談について知ってほしいと外国人相手に語ってはみたが、猫ブームに湧く現代日本でも、江戸時代の猫の怪談についてはよく知られているとはいえない。そこで、昔の人々が猫に対して抱いた愛や畏れの感情を江戸時代の怪談から読みとり、多面的に考えようと、八人がかりで書いたのが本書『猫の怪』である。

講談や歌舞伎などのさまざまな化け猫の物語の中で、特に興味ぶかいのは、「鍋島の猫」である。

怪猫（かいびょう）が鍋島家の殿様を苦しめるが、家臣に退治されるという物語で、さまざまなバリエーションがある。私たちは「鍋島の猫」の物語群に注目し、古い形態の『肥前佐賀二尾実記（ひぜんさがふたおじっき）』を読みやすいかたちで提供することにした。化け猫の原型を、現代語訳と解説、コラムで楽しんでいただきたい。

とはいえ、猫の怪は多様なので「鍋島の猫」以外にも多くの物語がある。突然喋り出す猫、化けたり踊ったりする猫や死体を盗む猫などの怖い系の猫はもちろん、忠義な猫や恋する猫、福を招く猫などについても各章で取り上げている。日本人が猫を愛しながら畏れてきたことが、各論を通じて理解していただけると思う。また、常に猫にはネガティブなイメージがつきまとう韓国の話も入れておいたので、比較してみてほしい。

そして、一読後、読者の皆さんに、ぜひご一緒に考えていただきたい。

「日本人は猫が好きなのか？　それとも嫌いなのか？」

何しろ『猫の恩返し』や『夏目友人帳』、『妖怪ウォッチ』などが流行し、かわいくて不思議な猫のキャラクターが次々作られている昨今である。いつかなる時に、この質問に不意打ちされるかもしれないのだから。

© 桐生明

〈江戸怪談を読む〉猫の怪　目次

第二部　江戸時代の怪猫談

第三部　怪猫をめぐる民間伝承・芸能

カバー、本扉絵＝歌川国芳「其のまま地口　猫飼五十三疋」の「三毛ま」より

第一部 佐賀鍋島の化け猫

『鍋島猫騒動』（豊栄堂）より〔所蔵＝国立国会図書館〕

第一章　『肥前佐賀二尾実記』——鍋島化け猫伝説の原型

注・現代語訳＝早川由美

不思議な現象や奇怪なモノたちが、現代よりもずっと身近に感じられていた江戸時代。『画図百鬼夜行』などという妖怪図鑑も出版されているし、黄表紙という大人向きの絵本の中では「化け物」が人間と同じように恋をしたり、けんかをしたりするようすが描かれており、怖いだけではなく人間っぽくてちょっとおかしい妖怪たちの暮らしぶりがうかがえる。

「化け物」と一言でいうけれども、見た目が普通ではない河童や一つ目、見越し入道といった化け物もいれば、元の形から別の形に化ける「化け物」もいる。特に人に化けるモノといえば、狐・狸、そして猫が有名だろう。特別な力を持つ狐や狸には、九尾の狐（玉藻の前）や団三郎タヌキなど固有名詞を持つ特別な存在がいる。そうでない普通の狐や狸でも人に化けることができる力を持っている。ところが、猫は生まれつき化ける力を持っているのではない、年を取って尾が二つに裂けて猫又と呼ばれる妖怪になってからだ。

江戸時代の人々にとって、猫とはネズミの害を防ぐという実利的な役割の他に、ペットとして可愛がられる存在でもあった。そういう猫が、人の身近で暮らすうちに年を重ねて猫又に変じて、人間になりすまして暮らしている。自分の家にいる猫がいつか化け猫になるかもしれない。それは恐ろしいことではないか。

江戸時代の浮世絵に描かれるのは、ほとんどしっぽが短い猫。その時代の人々に、猫又になりやすいとして長いしっぽの猫が嫌われていたからだという。お団子のようなコロンとしたシッポを持つ猫は、今ではジャパニーズボブテイルという品種になっている。

『徒然草』などの古典に書かれた猫又は、年を取った猫が変化したものであって、奥深い山に住んでいた。しかし、江戸時代には、人の家で可愛がられていた猫が飼い主の恨みを晴らすために、猫又という妖怪に変化する話が生まれた。

「鍋島の猫騒動」とは、肥前（ひぜん）佐賀、現在の佐賀県を治めていた鍋島家で化け猫によって引き起こされた怪異をいう。よく知られている話は、大正から昭和時代に映画にもなった次のようなあらすじのものである。

鍋島の殿様が碁の勝負で負けて、目が見えない相手（座頭）を切ってしまう。家臣達は、死体を工事中の壁に塗り込んで事件を隠した。座頭の母親は息子が殺されたことを知り、鍋島家を恨んで自害するが、その時に飼い猫に無念を晴らしてくれるように遺言する。

ある春の夜、鍋島藩江戸上屋敷の夜桜の宴の場で、怪猫が殿を襲う。しかし、殿が自ら刀で斬りつけて追い払う。逃げた怪猫が残した血痕を追っていくと、藩士である小森の家の前で途絶えた。小森が調べると、実母が猫の姿を現して逃げ去る。床下から人骨が見つかり、猫が母親を喰い殺して化けていたことがわかった。

参勤交代で国元へ帰った殿は、体調を崩し衰弱する。殿の病気快復のため祈祷が行なわれ、熱心に快癒を願っていた足軽伊藤惣太（いとうそうた）が宿直の役に抜擢され、妖怪の正体が側室であることを突き止める。惣太を始め、鍋島の家臣達は側室や腰元に化けていた怪猫を退治する。人を喰い殺した妖怪ではあるが、かわいがってくれた主人の仇討ちをする忠義な猫であったという話である。

しかし、このような忠義の猫ではない鍋島猫騒動が存在している。江戸時代には、同時代の武家の事件を素材とした作品を出版することや芝居にすることが禁止されていたので、鍋島猫騒動も実録（写本）の形で伝えられた。本章で紹介するのは、実録のうち『肥前佐賀二尾実記（ひぜんさがふたおじっき）』である。『肥前佐賀二尾実記』（以下『二尾実記』と略称する）は、前半が非道に母を殺された百姓作右衛門の敵討ちの話で、後半が題名に合致する「二尾」すなわち二又の尾を持つ怪猫が起こした事件を語った実録である。原本は、二十四巻八冊からなる写本（鍋島報效会（ほうこうかい）蔵、佐賀県立図書館寄託）で、『佐賀県近世史料　第九編第一巻』に翻刻（ほんこく）が収められている。

この『二尾実記』が鍋島の猫騒動の基本形であり、初期実録であると考えられるため、本章では猫騒動が書かれている後半の巻二十四から三十を収録した。

なお、翻刻掲載にあたっては、底本に従ったが、適宜、句読点・濁点を付し、また改行して読みやすさをはかった。また、同じ巻の中にある二つの小題それぞれに〔一〕、〔二〕という枝番号を付した。

一、原文は、『佐賀県近世史料　第九編第一巻』（佐賀県立図書館）所収の『肥前佐賀二尾実記』巻二十四〜巻三十（原本は公益財団法人鍋島報效会所蔵、佐賀県立図書館寄託）による。

一、原文のルビで「　」が付いたものは、訂正の意味で朱書きルビにて記されたものである。

一、原文のルビで（　）が付いたものは、原文への挿入文字としてルビにて記されたものである。

一、原文のルビは、読みやすさを図るため、適宜付し、また現代仮名づかいとした。

巻之弐拾四〔一〕
鍋島家の用人、猫を愛する事
并猫、疵を請る事

今はむかしとわびるも古言に聞けれども、正しく享保二申年（ママ）*1、御当家に至りて鍋島家御屋敷*2の表門に、常念仏高〱「らか」に香をたき、かねをならし、さも殊勝に聞ゆる事、武家の御屋敷の表にはふしぎなる事なり。今に至る迄、当家念仏ざんまいの事、相かわらずとなり。其いわれを委しく尋（ぬ）るに、誠に古今の珍事なりと。

昔、鍋しまの用人に森半右衛門*3といへる人あり。生得、猫を我子のごとくに、食事もあたへ、ひざもとにあまへ、夜は寐所へつれ行休などする事。此猫、総身真黒*4にて目の内赤く、尾の先弐ツにわれ*5、恐しき有様なり。半右衛門はてうあひの事なれば、やさしくおもひなでさすりやしなひける処に、ふと此猫何方へ行しか知れず。半右衛門尋さがしけれども、行方さらに知れざり「れは」。是非なく其儘に打過しけり。

*1 **享保二年**　西暦一七一七年で丁酉にあたる。申年は前年の享保元年。この時の鍋島藩主は四代吉茂。講談など龍造寺の猫の怪異を語るものでは、二代光茂の時代としている。

*2 **鍋島家御屋敷**　鍋島藩上屋敷は現在の千代田区日比谷公園あたりにあった。広重の「江戸百景」の内の「山下町日比谷外さくら田」に描かれている。

*3 **森半右衛門**　本作では、猫の飼い主を「森半右衛門」としているが、同じ形式の実録『猫堂因縁』を始め、その他の実録・講談の諸作品では老母を喰い殺される人物を「小守・小森」としている。

*4 **此猫、総身真黒**　肉球まで

扨、その年もくれ、春にもなりければ、或時、殿にも一家中を撰び給ひ、心ざしあるものを集て詩歌の会を催し給ひしに、半右衛門も其座につらなり、御伽にて夜半に及び退出しける。殿には、「雪中の梅」といふ是[*6]にて和歌をあんじ給ふにより、夜のふけるもいとわず、御工夫被成しが、ふと御頭を上給ひしに、御庭先の手水鉢の上にさもすざましき猫あらわれ、殿の方に向ひはしりより、のどぶへを目がけすでに喰ひつかんとする所を、御側のありし刀を抜、猫の眉間を切付給ひしが、猫は一さんに逃行、御座の高塀をのり越へ逃失けり。夫より御側の衆を召れ、右の様子を御物語りありけるにぞ、何れも驚き、手燭をかたげて件の手水鉢の辺を見廻りけるに、乾[*7]のすみの塀をつたひしま〻、提灯をとぼし、諸役人塀の外を改め見るに、のり伝へてありしま〻段〳〵尋行しに、壱丁半[*8]程行て、森半右衛門が宅の裏江伝へて其跡は見えず。此よし早々言上しけるに、「何にもせよ、此事広く沙汰致すべからず」と被仰出されける。何れも、半右衛門が家内を心附べきよし。

爰にあやしき事は、半右衛門が老母有り。今年七拾余才になりしが、

黒い猫を「烏猫」という。講談の佐賀の怪猫は「烏猫」とされている。黒猫には様々な俗信があるが、後に、この猫が一条天皇の時代から生きている「唐猫」であることをいうための設定である。

＊5 尾の先弐ツにわれ　尾が二つに割れているのは、猫又の証拠。題名の「二尾」もこれを意味する。

＊6 是　「題」の誤字か。

＊7 乾　戌亥。西北の方角。陰陽道では魑魅魍魎が出入りする忌むべき方角としている。

＊8 壱（一）丁半　一丁は六〇間（けん）（約一〇九メートル）の長さなので、およそ一六〇メートル。

此節病気とて頭を包て床に附居たりしが、半右衛門は右の騒動より心を付けて家内を吟味しける。「是は何に分、我が方に久敷かひし猫の所意なるべし。我愛ずるにほこり、主人を害せんとする事、不届きの至り、いづくに隠れ居るとも尋出し切り捨ん」と、床の下をさがしけるに、ふしぎや、猫の姿はなくて、正しき人の死骨手足引きちらしありし儘、取あつめさせ見れども、ふしんはれず。まさしく壱年余りすぎし骨の色なれども、「家内にだれも死したる覚なし」と、思案の折から、老母此様子を見て、奥より立出、半右衛門に向ひ、「其方は何にをさがし求めらるゝ」とひければ、半右衛門承り「されば、殿様仰付られにて、さがし求候」と言ければ、老母「何をさがし尋らるゝや。其子細を聞たし」と言ければ、半右衛門こたへて「老人の御聞無益なる御事なれば、御構ひなされまじ」と言ければ、老母しきりに問ふて「扨々その方は不孝成ものかな。母が心休めに早く申聞せ」と赤面して*9尋ぬるに、半右衛門も心には「打明し咄さん」と思へども、妻子も側に居事なれば、もしも外へ聞へては身の為あしく、その上主人の命にたがふ理なれば、「かく此事御聞は御無用」といふに、老母甚

*9 **赤面して** 興奮で顔を赤くして、怒りの表情を示している。

だいかり、居たけ高になつて半右衛門をねらみ、「憎き倅が一言かな。かよふに度〱尋とふも、その方が身をゐとひあんじ尋る事なるに、深くかくすは此母をうたがふと覚へたり。然らば、母は此所にて自害するなり。其身親を殺も同然なり」と剁(詈)りけるにぞ、半右衛門是非なく、「しからばひそかに御物語り致申べし」と、妻子をとふざけけり。

巻之弐拾四〔二〕

半右衛門、老母に蜜(密)事を語る事 并 老母正躰顕ふす事

扨老母を一間へ招き、ひそかに申しけるは、「此度、殿より仰出れ(さる)には、先夜御寝間へ異形のもの[*1]来り、殿の命を取らんとする所に、御運強く御刀にて異形の眉間を切付給ひしに依て彼れは逃失し所に、其跡(「血」)のりをしたひ尋られしに、其血伝へて我宅の裏口に留る。然れは、何にもせよ拙者が宅こそあやしけれ。尤某しは無二の忠臣とあつて、御咎め御ふしんも

＊1 **異形のもの** 普通とは違う姿のもの。化け物の類。

御尤。然し『先達ててう愛したる猫の行方を吟味せよ』との仰せゆへ、色〳〵と尋候ふなり。」と語りければ、老母其咄しを聞居内より顔色かわり、「扨〳〵夫は恐しき事かな。然し、其方が了簡には、*2今まで大切にてう愛したる猫の事なれは、万一尋出したりとも『見のがしやらん』と思ふならん」といふ。半右衛門、打笑「仰共覚へず候。畜類を愛し候も、今迄某が心得違ひ、夫ゆへヶ様の義も出来候。たとへ此度の義、其猫めが存ぜぬにせよ、我に殿の御ふしんを請ざる猫を、いかで生かして置べきや。切りきざみて殿へさし上る」と言ければ、老母は「さもあらん」と計りにて、奥の方へ入けるにぞ。

半右衛門は、件の死骸を集見れども兎角不審晴がたく、又は「母も今迄何にても尋問れし事もなく、『御用の義』とさひ申聞せば、年寄は善も悪も聞ぬに、夫に引きかへて今日の躰、心得がたし」と両手を組んで思案最中に、妻女かけ来たり申けるは、「お袋様、奥の間にて何にやらん殊の外あばれさせ給ふ躰、ひそかにうかゝひ見し所に、鏡を立置て恐しき身振りをして衣類をぬぎ捨被成候」と言に、半右衛門おどろき、忍び足にて奥の

＊2　その方が了簡には　ここで母は寵愛の猫を密かに助けるであろうといって、小森の心を確かめる。しかし、息子が主君の命令を大切にすると聞いて納得する。『今古実録』の老母は、家の守りであった親猫がいなくなった後、その子猫に食事も与えない息子の無慈悲さを責めて、ここを見逃せばまた家の守りとなるであろうと、猫を助けるように説得する。実録の猫は、説得を無視した小森の仕打ちを恨んでますます一家と鍋島家に祟ることになる。

ふすまの内を伺ひ見れば、母親四ツばひになりて鏡に向ひ、衣類壱ツぬぎ又はひ廻り、又じばん壱ツになる所を、半右衛門、「扨は猫の所意」と心付、ふすまを引明て飛入ければ、老母の姿は忽ち猫の姿あらはし、縁先の障子をけやぶり、屋根を越へて何方へともなく逃失けり。

　半右衛門はあまりの事にあきれ果、十方にくれし折からに、妻女も泪流し、「扨〳〵、世には恐しき事も有ものにて候。母様にて、今までの母御と思ひしは、手飼の猫のなり替りにてあるべし」といふもあへず[*3]、身をふるはして、「扨〳〵、恐ろしき事かな。彼是思ひ合すれは、殿の御前より帰りし夜より、何方へ行れしやら久敷見へざりしに、裏口より頭をかゝへて帰られし後は、『ふだんの頭痛』とて頭を包しも、手疵をかくす処にて有し」と、初て心付、泪にかきくれ、先々母の死骸を集よせ、菩提所へ吊ひ、念頃に供養をとげて追善をいとなみけり。

　扨、右の段を御前へ言上せしに、「扨〳〵あやしき事。不便[*4]老母の事、何にもせよ、其猫をたすけ返せし上は、当屋しき未だ放れずして、いか様のへんも[*5]難計。随分油断なく、猫の子壱疋もなきよふに、見付次第に

＊3　**言ふもあへず**　「言ひもあへず」と同じ。「あへず」は「〜し終わらない」という意味なので「言い終わらないうちに」となる。

＊4　**不便**　「ふびん」で「不憫」の意味。気の毒だ、哀れだという意味になる。

＊5　**いかさまの変**　「いかさま」は疑問を表す言葉で「どのよう・

殺(ころす)べし。」と仰渡されければ、我〱もと、屋敷の長屋中を猫がりし、後々は若者どもほうびに預(あずか)らんとて、外〱より猫をつれ来りて殺(ころし)、御前へ持出(もちいで)けり。されども件(くだん)、異猫(いねこ)はたれも見出したるものもなかりけり。

どんな」であり、「どんな変わった事」という意味になる。

鍋島江戸屋敷、夜桜の宴に怪猫出現

【巻之弐拾四〔一〕 鍋島家の用人、猫を愛する事并猫、疵を請る事】訳

今は昔のこととお断りするのも古くさく聞こえるが、本当に享保二年申の年のこと。ご当家鍋島家御屋敷の表門に、常に念仏の声が高々と聞こえ、香を焚き、鐘を鳴らして、なんとも殊勝に聞こえることは、武家のお屋敷にしては不思議なことでありましょう。今に至るまでこのお家では、変わらず念仏を唱えているということ。その謂われを委しく尋ねると、誠に昔から今までの珍しい事でありました。

昔、鍋島家の用人に森半右衛門という人がいた。生まれつき、猫を我が子のように食事を与え、膝元でかわいがり、夜は寝床へ連れていって休んだりするほどの寵愛ぶり。この猫は、全身が真っ黒で目が赤く光り、尾の先が二つに割れている恐ろしい姿。ところが、半右衛門は可愛がっている猫のことなので、いとしく思って撫でさするように養っていたところ、ふとこの猫が行方不明となった。半右衛門は、行方を尋ねさがしたけれども、全く知れなかったので、どうしようもなく、そのままに過ごしていた。

さて、その年も暮れ、春になったので、ある時、殿は一家中から、歌道に志ある者をお選びになって、詩歌の会を開催なさった。半右衛門もその座に連なり、御側近くお仕えして夜半になって退出した。

殿は、「雪中の梅」という題で和歌を案じ、夜の更けるのもかまわず、歌を工夫なさっていたが、ふと顔をお上げになったところ、お庭先の手水鉢の上に、それは恐ろしい猫が現れて、殿の方へ走り寄り

まさにのど笛に食いつこうとした。殿はお側にあった刀を抜いて、猫の眉間(みけん)を切り付けた。すると、猫は一目散、高塀を乗り越えて消え失せてしまった。そこで、殿はお側衆(そばしゅう)をお呼びになってこのことをお話になったので、人々は驚いて手燭(てしょく)を掲げてあの手水鉢のあたりを見回った。すると、北西の隅の塀を伝った跡があったので、提灯(ちょうちん)を点して諸役人が塀の外を調べ、血のりの跡を段々と追っていくと、一丁半ほど行って、森半右衛門の家の裏へ続いて、その後は見えなくなっている。このことを早速殿に申し上げると、「何にもせよ、このことは他言無用」とおっしゃった。何にしても半右衛門の家の内に気を付けるべきだということになった。

さて、奇妙なことは半右衛門の老母のことであった。今年、七十歳を越えるほどになり、このごろ病気だといって頭を包んで床に付いていた。半右衛門は、あの夜の騒動以来気にかけて家の内を調べた。「これは、きっと我が家に長く飼っていた猫の仕業であろう。私が可愛がっているのをいいことに、殿様に危害を加えようとしたことは不届き千万、どこに隠れていても探し出して切り捨てよう」と、床下を探したところ不思議なことに、猫の姿はなくて、まさしく人の骨の手足が引き散らされてあったので、取り集めさせてみたけれども、不思議なことである。一年ぐらい経った骨の色ではあるが、「家の内で誰も死んだという覚えがない」と、半右衛門が思案している時に、老母がこのようすを見て奥の間から出てきた。

半右衛門に向かって「お前は、何をさがしているのかえ」と尋ねたので、半右衛門は「殿様のご命令で、猫を探しております」と申し上げた。老母が「何ゆえ、探し求めていらっしゃるのかや。その理由を聞きたいものじゃ」と言ったので、半右衛門は「お年寄りがお聞きになっても何の役にもたちません。お気になさらないでください」と答えた。

しかし、老母はしつこく尋ねて「なんと、お前は親不孝者じゃ。母の心を休めるためにさっさと聞かせよ」と怒りで赤くなった顔で尋ねる。半右衛門も心の中では「打ち明けて話そう」とは思うものの、妻子も側にいることなので、もしもこのことが外へ聞こえたら自分のためにまずいことになるし、その上主人の命令に背くことなので、「とにかくお聞きになることではありません」と言った。

すると、老母はたいへんに腹を立てて、居丈高（いたけだか）になって半右衛門をにらみつけ、「憎らしい悴（せがれ）の一言よ。このように何度も尋ねるのも、お前の身を心配してのことではないか。それなのに深く隠すのは、この母を疑っているのか。それでは、母はこのところで自害するぞよ。お前は母を殺すのも同然じゃ」とののしるので、半右衛門もどうしようもなく、「それでは密かにお話いたしましょう」と、妻子を遠ざけた。

半右衛門（はんえもん）の老母、猫の正体を顕（あらわ）して逃亡する

【巻之弐拾四（二十四）〔二〕　半右衛門、老母に蜜事を語る事、并老母正体を顕す事】訳

さて、半右衛門は老母を一間へ招いて密かに語ることは、「この度、殿よりご命令があったのは、先夜御寝間へ異形（いぎょう）のものがやって来て、殿の命を取ろうとしたところ、殿は御運強く御刀で異形のものの

眉間を切り付けなさったので、そいつは逃げ失せたのですが、その血のりの跡を追跡なさると、その血痕は我が家の裏口で止まっていたのです。そのため、何にもせよ、この家があやしい。もっとも、私は無二の忠臣ということで、お咎めやお疑いもございませんでした。しかし、『昔、可愛がっていた猫の行方を調べよ』ということご命令なので、いろいろと探しておりました」と語った。

老母は、話を聞いているうちから顔色が変わって、「それはそれは、恐ろしいことじゃ。しかし、お前の考えでは、今まで大切に可愛がってきた猫のことだから、万一見つけ出したとしても『見逃してやろう』と思うであろうの」と言う。

半右衛門は、鼻で笑って「母上のお言葉とも思えません。けだものを溺愛（できあい）しましたのも、今までの私の心得違いでした。そのためにこのようなことも起きたのです。たとえ、今度のことがその猫と無関係のことだったにせよ、私に殿の疑念を受けさせた猫を、どうして生かしておくことができましょう。切り刻んで殿に差し出すつもりでございます」と言ったので、老母は「そうであろう」とだけ言って奥の間へ入っていった。

半右衛門は、あの死骸の骨を集めてみたが、とにかく不思議ですっきりしない。また、「母上も今までは私に質問されたこともない。『仕事のことです』とさえ申し上げたなら、良いことも悪いことも聞かないのに、それに比べて今日の様子はおかしい」と両手を組んで思案している最中に、駆け込んできた妻が「お義母（かあ）様が奥の間で、何やら大変動き廻っていらっしゃるようす、ひそかにのぞいたところ、鏡を立てておいて恐ろしい身振りをして、着物を脱ぎ捨てなさっておいでです」と言う。

半右衛門は驚いて忍び足で奥の襖の中を覗いてみると、母親が四つん這いになって鏡に向かい、着物を一枚脱いで這い回り、襦袢(じゅばん)一枚になった。半右衛門は、「さては、猫の仕業か」と気づき、襖を引き明けて飛び入ると、老母の姿はたちまち猫の姿になり、縁先の障子を蹴破り屋根を越えて、どこへともなく逃げ失せてしまった。

半右衛門はあまりのことに茫然としていると、妻も涙を流して「それにしても、世の中には恐ろしいことがあるものです。今までお義母様と思っていたのは、飼っていた猫が成り替わっていたのですね」と言い終わらぬうちから、身を震わす。

半右衛門も「恐ろしいことだ。あれこれ思い合わせてみれば、殿の御前から帰った夜、母上がどこへお出かけになったのかしばらく姿が見えなかったのに、裏口から頭を抱えてお帰りになった後、「いつもの頭痛だ」と言って頭を包んでいたのも、傷を隠すためであったのだ」と初めて気づき、涙にかきくれ、まずは先に見つけた母の死骨を集めて、菩提所(ぼだいじょ)へ送り、丁寧に供養を行ない追善を営んだ。

さて、このことを殿の御前へご報告したところ、「それは奇怪な事。老母は気の毒なことであった。何にもせよ、その猫が生きて帰ったことは、この屋敷をいまだ離れずにいて、どのような禍があるやも知れぬ。ずいぶん油断なく、猫の子一匹もないように、見つけ次第に殺すように」とご命令なさったので、我も我もと、屋敷の長屋中を猫狩りして、後には若者たちがほうびをいただこうと、外から猫をつれて来て殺して御前に差し出したりした。

しかし、例の異形の猫は、誰も見つけることができなかったのである。

巻之弐拾五〔一〕

鍋島奥方、ご病気の事
并御寝間の騒動、不思議の事

爰に鍋島の御屋敷御庭の内に、虎の尾と名付し見事の桜*1あり。頃も春深、御庭の気色も今を盛りと咲みだれ、一家中目をよろこばしける。殿には別して風雅の道に御心を寄給ひしかば、御詠にあかせ給はず。此気しきを御国本の奥方*2にも御見せ被成たくよしにて、御歌を認められ、短冊を付て桜の枝を折とり給ひ、是を色かわらぬよふにして国元へ遣すべきよし仰付られしかば、小崎重右衛門*3といへる人承り、右の桜一枝を御受取申、直に江戸を出府し、昼夜をわかたず急所に、重右衛門、江戸を立し日より何にやら一身に物をくゝり付しごとくにあるきがたし。ふしぎに思ひ、色〳〵と考けれども、何にゆへとも知れず。急の御用なればひまどる事も成がたく、其儘に旅に趣く所、道中にて重右衛門のあるく身ぶり、外〳〵の目よりは肩に物を追ひ行ごとくに見へにけるとなり。

*1 **虎の尾桜**　枝振りが虎が横たわる姿に似ているという桜、会津のものが名高い。鍋島藩邸に虎の尾桜があったかは不明。ただし、猫のことを「手飼いの虎」つまり、ペットにできる虎というので、言葉からの連想の可能性がある。『今古実録』や講談では、桜の木の名前についての言及はない。

*2 **奥方**　国元の奥方であるので側室のことをいう。『今古実録』など実録類では、老後を国元で過ごすことを望んだ先代の殿のご愛妾「お政の方」、講談では殿の愛妾「お豊の方」としている。

*3 **小崎重右衛門**　国元へ荷物を届ける重右衛門の肩が重い不思議が述べられている。『今古実録』

程なく急の道中滞りなく御国元へ着、御城内に至りければ、江戸より急の御使と聞て何れも立出、重右衛門に対面し先以、殿様御安泰恐悦をのべ終りしに、重右衛門申けるは、「扨此一枝は奥方様へ御慰にとて、拙者にもたせ給へり」と指上ければ、御近習用人*4受取り、奥へ持行、奥方の御覧に入奉るに、殊の外御機嫌にて、「先々重右衛門に休息申付べし」と御意下りしかは、重右衛門しりぞき、宿へ下りける。ふしぎなるは重右衛門、宿所へ下りけるといなや、からだ常のごとくに成、其身軽く物をおろしたるごとくなり。其身もふしんをなしけるとなり。夫より一両日休息して御返事を給はり、重右衛門は江戸へ帰りけり。

然るに、三月廿九日の夜の事なりしに、御殿には奥方も御寝所へ入らせ給ひ、奥座敷には女中方いづれも休給ひしに、夜の丑の刻*5と覚しき頃、奥座敷しきりに騒がしく家なり*6して、騒立る事大方ならず。何れもふしんして、御側小性衆・坊主達・当番の役人驚き、奥へ欠（駆）入らんとすれども、ふすま戸障子こと〳〵「く」鉄門のごとく、あく「る」事かなわず。あきれ果居たる内に、女のなく声しきりなり。然るに源兵衛といへる女中預りの役人、戸

や講談では、人足がかつぐ長持の一つが異様に重かったという怪事として語られる。怪猫は江戸から国元へ移動する時に人や長持に乗って移動しており、芝居のように空を飛ぶことはない。

＊4　御近習用人　主君のご用を伝える役目の人。

＊5　丑の刻　うしのこく。午前一時から三時ころ。真夜中であり、怪異が現れやすい時間。実録では、長持に入って国へやって着た怪猫は、御殿の縁の下に隠れて丑刻頃お政の方の夢に現れて衰弱させ入れ替わる。講談ではお豊の方に憑依している。『定本講談名作全集』本ではお豊の方は殺された又七郎の許嫁であり、怪猫と合体して災いを引き起こすことになっており、この話のような食い殺して化けるという血なまぐさい話ではない。

＊6　家なり（家鳴り）　やなり。家が揺れて音を立てること。怪奇

をふみやぶり入らんとするに、手足すくみて入事あたわず、「こは、如何(いかが)せん」とはがみをなし、立騒(たちさわぐ)間(ま)に、騒動も静(しずま)り、おだやかに成りしかば、何(いず)れもふすまを明(あけ)るに、なんの子細(しさい)もなく明(あけ)しこそ不思議なり。

扨(さて)、何(いず)れも其(その)あたりを見るに、おびたゞしく血流(ちながれ)ありしにおどろき、付々の女中達、役人中を見て「皆〱何(な)にゆへに爰(ここ)へ来りしや」といふに、坊主答(こたえ)て、「あまり騒敷(さわがしく)ゆへ、かけ来りし」といふに、役人中申けるは、「此血(このち)如何(いかが)のわけ」と尋(たずね)ければ、女中達何(いず)れも、「御尤(ごもっとも)の事なり。奥様なにの御あたりにや、余程(よほど)血を御はき被遊(あそばされ)候ゆへ、何(いず)れも御介抱(かいほう)に仕、そうどふせし」といふにぞ、「然らば御医師(いし)を申付べし」とて医師衆へ人を遣わさんとするに、女中達押留(おしとめ)申けるは、「とかく医師を御きらひあそばし候間、さしたる事に仰られず。先(まず)〱御まち候へ」と押留(おしとめ)るゆへ、是非(ぜひ)に及ず、其夜(よ)は何れも全(詮)方(せんかた)なく退出いたしけるとなり。「猫、奥方を殺し、己れ奥方と化けたるならん。」＊7

現象のひとつ。

＊7　「　」内は朱字で加えられた文章。この怪異が猫の仕業であるという主旨を述べる。同じ内容の写本にはない。

巻之弐拾五〔二〕

殿様、御国元江御発足の事
并 御難病の事

扨夜あけて、此事一家中に噂ありしかば、家老・用人・番頭*1の面々、何れも驚き、相談の上、女中頭の磯野といふ女を召出し、委しく様子を尋られしに、「別の義にあらず。只、御食事のあたりと相見へ候」とて、さのみ驚かぬ躰なり。其外大勢の女中を壱人ツヽに呼寄、段々御尋「相歟」られしに、其内五人の女中申候ふは、「私どもは夜前より今朝迄よくふせり候て、一向何も存不申候」と答へけり。其外は何れも「御介抱致候」と言ければ、何れも不審をなし、「左程騒どふに前後も知らず寐入る事心得がたき。御大病の御介抱をしながら少しも驚かず、御医師の沙汰もなし。一向其意得難し」と色々吟味すれどもわかり兼、且又「奥方の御病気も心得がたし。先御医師仰付られ、むりにも御服薬然るべし」とありしに、磯野答て申けるは、「いか程御進め申候ても、御薬を召上られず」。とかく医師に見せず、*2

*1 **番頭** 城の警護など役目を交代して行なうためのグループである「番」の長官。

*2 **奥方の医者嫌い** 実録・講談のいずれも、病気の奥方は医者に診せることを嫌う。

是非なく其儘にて過行。追日（々カ）御全快被遊ければ、女中何れも安諸（堵）の思ひをなしければ、家老中・用人衆も、先〳〵安気しける。

爰に又、ふしぎ成事あり。其時節より御国元の家中其外、町家などに飼置し猫、いつともな一（く）時に行方しれずなくなりける。誠にふしぎの事ども*3なり。

扨、江戸御上屋敷にては、殿様、江戸御暇給はりて、目出度御国入のよしにて、御先手*4大沢内蔵進*5其外、御供廻り皆々美々敷して御出立被成、御道中恙なく御国へいらせられ、一家中残らず恐悦を賀し奉る。殿にも御機嫌うるはしく、夫〳〵に御詞相済、御盃きたまはり、夫より奥へいらせられ、奥方にも御対顔ありけるに。如何しけん、其夜より殿様には御大病に取つかれたまひ、惣身大ねつ、くるしませ給ふにぞ、御側衆大ひに驚き、色〳〵御介抱申上、御医師両三人手をつくして御薬を奉るといへども、一向其しるしなく、一日〳〵と御げん気おとろへて見へさせ給ひける程に、一家中手にあせをにぎり、「何分、つき物の所意ならん」と御祈願所（江）仰付けられ御祈祷あれども、いやましに御げん気おとろへて見へ

*3 **ふしぎの事ども** 本作では猫が一斉にいなくなるが、実録では城下の鳥や魚が盗まれる不思議が書かれ、講談では猫が大量に出没し、赤子をさらったり魚を食らったりして人々を恐ろしがらせるなどの事件が起こっている。

*4 **御先手** 行列の先頭を務める侍。

*5 **大沢内蔵進** 実録で活躍する鍋島の殿のお気に入りで忠臣。お側仕えの役であったと考えられる。

させ給ふにぞ、是非なけれ。

然るに御家老方申さるゝには、「此方どもは、かへつて御遠慮もあらんか」と、「御気にいのり大沢内蔵進を以て、殿の御病気、何にも御心当りは無之や承り見るべし」。用人中よりしゆくたんにて、内蔵進御前へ罷出、殿の御病床に近付奉り、「如何御渡り被遊候。医師方のおもわくを承り候に、中〳〵一通りの御病気にあらず候よし。何れも物のさわり*6にても御座あるべく候も相知れず候へは、此上は御心あたりも御座候はゝ、私に少しも御包 被遊ず御内外御へだてなく仰聞られ下さるべし」と泪を流して申上ば、殿にも内蔵進が顔をしかと御覧あつて泪ぐませ給ひければ、内蔵進「扨は御心にさわりしや」と座をたゝんとせしを、殿御声かけ呼せ給ふ御けし気なれば、はつと内蔵進立留り、御機嫌をこそ伺ひける。

＊6 物のさわり　何物かわからない災い。

佐賀城内、奥方(おくがた)に異変あり

【巻之弐拾五(二十五)〔一〕　鍋島奥方、ご病気の事　并御寝間の騒動、不思議の事】訳

鍋島のお屋敷の御庭の中に、虎の尾と名付けた見事な桜があった。晩春の頃、御庭の桜も今を盛りと咲き乱れ、一家の人々の目を楽しませていた。殿は特に風雅の道にお心を寄せていらっしゃったので、和歌をお詠みになるだけで飽き足らず、この景色を御国元の奥方にもお見せしたいということで、和歌をしたためた短冊を付けて桜の枝を折り取りなさって、「これを色が変わらないようにして国元へ届けるように」とご命令になった。

小崎重右衛門(こさきじゅうえもん)という人が承り、桜の一枝をお受け取り申し上げて、すぐに江戸を出立して昼夜を問わずに急いだ。この重右衛門は江戸を出発した日から、何かわからないが身体に物をくくりつけたように重たくて歩きにくいことこのうえない。不思議に思って色々と考えたけれども、どういう訳だかわからない。急ぎの御用なので暇取ることも出来ず、そのまま旅に出発したが、道中で重右衛門が歩く身振りは、他人の目には肩に物を背負っているように見えたということであった。

まもなく急ぎの道中は問題なく国元へ到着し、御城内に入ると、江戸からの急ぎの使者と聞いて、藩士たちは重右衛門に対面し、「まずは殿様御安泰のよし、恐悦なことです」と挨拶を述べた。重右衛門は「さて、この一枝は奥方様へお慰みにと、殿様が私に持たせなさったものでございます」と言って差し上

げたので、取次の役人が受け取って、奥へ持って行った。奥方の御覧に入れたところ、殊の外御機嫌で、「まずは重右衛門に休息を申し付けよ」とのお言葉があったので、重右衛門は退出して宿へ帰った。

不思議なことに、重右衛門は宿へ帰るとすぐに身体が普段の通りになって、身体が軽く荷物を下ろしたようであった。本人も不思議だと思ったということである。それから、一両日休息して、奥方の御返事を頂戴して、重右衛門は江戸へ帰った。

さて、三月二十九日の夜の事、御殿では奥方が御寝所へお入りになり、奥座敷には女中たちがいずれもお休みになった。夜中丑の刻（午前二時）くらいと思われる頃、奥座敷がしきりに騒がしく、家がきしんで音を立て騒ぎたてることは普通ではない。

皆々不思議に思って、お側付きの小姓衆・坊主たち、当番の役人たちが驚いて、奥へ駆け入ろうとするけれども、襖（ふすま）や障子がすべて鉄の門のようで開けることができない。途方にくれていると、女の泣く声がしきりに聞こえる。源兵衛（げんべえ）という女中担当の役人が、戸を踏み破ってでも入ろうとするが、手足がすくんだように動かない。「これはどうしたらよいか」と歯ぎしりをして騒いでいるうちに、騒動も静かになったので、襖を開けてみると、何の問題もなく開いたのは不思議なことだ。

さて、役人たちがそのあたりを見ると、おびただしく血が流れているのに驚いた。ところが、おつきの女中たちは役人たちを見て、「皆様、どうしてここへおいでになったのですか」と尋ねるので、坊主が「あまりに騒がしいので、駆けつけたのですよ」と答え、役人たちは「この血はどうしたことだ」と尋ねた。

女中たちは「ご不審はごもっともなことです。奥様が何かの食べ物にあたられたのか、大変血をお吐きになったので、みなご介抱いたしして大騒ぎしておりました」と言う。役人が「それならば医者を呼びましょう」と医者を呼びに人を遣わそうとすると、女中たちが「奥様は医者をお嫌いですので、たいしたことだともおっしゃっていませんし、まずはお待ちください」と言って止めるので、無理もできず、その晩はみなどうしようもなく、奥座敷から退出したということであった。（これは、猫が奥方を殺して、自分が奥方に化けたのであろう。）

殿様、佐賀城中で奇病(きびょう)にとりつかれる

【巻之弐拾五(二十五)〔二〕　殿様、御国元江御発足の事、幷御難病の事】訳

さて、夜が明けて、奥御殿の騒ぎが一家中の噂になったので、家老・用人・番頭の面々は相談の上、女中頭の磯野を呼び出して委(くわ)しく様子をお尋ねになったが、「特別なことではありません。単に何かのお食事が悪かったのでございましょう」とたいして驚いていない様子である。

そのほかの大勢の女中を一人ずつ呼び出して聞いたところ、五人は「私たちは夜から朝まですっかり眠っておりまして、まったく何も知りません」と言う。その他の女中は、「奥様のご介抱をいたしておりました」と言うので、家老たちは「あれほどの騒動に前後も知らずに熟睡していたとはおかしなこと

だ。また、大変な病気のご介抱をしながら、少しも驚かずに、医者も呼ばないとは、まったく理解できない」と不思議に思って、いろいろと調べたけれどもはっきりしない。

「奥方様のご病気も不可解だ。まず、医師をお呼びになり、無理にでもお薬を差し上げるのが良いだろう」と言ったが、磯野は「どれほどお勧めしてもお薬をお飲みになりません」と言う。結局医師に診せることなく、そのままで過ぎていくと、日を追ってご全快なさったので、女中たちは安心し、家老や用人たちもまずはほっとした。

この時、また不思議なことがあった。その頃から国元の家中、そのほか町家などで飼っていた猫がいつともなく、一斉に行方も知らず姿が見えなくなった。本当に奇妙なことだ。

さて、江戸上屋敷では殿様が、江戸からお国入りのことになり、先頭の露払い役を務める大沢内蔵之進(おおさわくらのしん)始め、御供廻りの皆々は美々しく御出立になった。道中つつがなくお国元へお着きになり、一家中残らずお祝いを申し上げた。殿もご機嫌よく、それぞれにお言葉や盃を頂戴し、それより奥で奥方様にご対面なさった。

ところが、どうしたことだろう。その晩から殿様は大病に取り付かれて、高熱にお苦しみなので、御側衆は大変驚いて、色々御介抱申し上げ、医師が三人手を尽くしてお薬を差し上げるが、まったく効き目がない。殿が一日一日と弱っていかれるように見えるので、一家中手に汗握って「きっと憑(つ)き物のせいであろう」と御祈願所で御祈祷を行なったが、ますます殿のご気力が衰えていくように見えるのは、どうしようもないことである。

そのため、御家老方は「我々では、かえって殿がご遠慮がなさるかもしれない」と考え、「お気に入りの大沢内蔵之進に、殿のご病気について何かお心当たりはないか、お聞きしてみるのがよいだろう」と、用人たちの間でよくよく相談した。

そこで内蔵之進が殿のご病床へ近づき、「どうなさいましたか。医師達の考えをうかがいましたところ、普通のご病気ではないということです。何かわけのわからない災いであるかもしれませんので、お心当たりもおありでしたら、私に少しもお隠しなさらずに分け隔てなくお話くださいさい」と涙を流して申し上げると、殿も内蔵之進の顔をしっかりと御覧になって涙ぐみなさったので、内蔵之進は「殿のお気に触ったのであろうか」とその場を立とうとした。すると、殿は声をかけてお呼びになるようなごようすだったので、「はっ」と内蔵之進は立ち止まり、御機嫌をうかがった。

巻之弐拾六（二十六）〔一〕

直宿の面々、不思議の事
并御叱り蒙る事

其時、殿くるしげなる御息の下よりも、「我何をかかくさん。昼はさのみ苦しき事なけれども、夜に入、丑の刻*1とおもふ頃、一トしきり我をせむる事甚だ「し」。なに物ぞと心を付、見れども形は見へず、陰荳（ママ）をとゞめ*2、さま〳〵くるしき事絶がたし。直宿の者を呼立んとすれども、息出ず。其上、何れも寐入てたわひなし。是全く妖怪の我をおかすと、心付といへども、武士たるもの『妖怪におかされたり』と人〳〵にいはるゝ事、心外なり。尤命はとくより覚悟すれども、扨〳〵無念の次第なり」と御物語被遊ける。内蔵進申けるは、「右の御様子承り候上は、内々にて何れも申合取計度義御座候間、御心安く思し召、随分御自愛被遊候へ」と申上て退出し、扨家中の内にて勘定頭*3を勤し八尾彦兵衛といへる者、心きゝし才智の人なれば、此者方へ行て殿の御物語を咄しければ、「成程それこそ

*1 **丑の刻**　午前二時頃で怪異が現れやすい時間とされている。

*2 **陰荳をとどめ**　陰茎を押さえつけということか。講談では、怪猫が憑依した奥方によって、殿が色にふけることで衰弱することなど色っぽい話になっている。

*3 **勘定頭**　金銭や穀物の出納を仕事とする役職の長官。

致方あるべし」とて、用人中寄合相談ありて、「兎角夜とぎ[*4]の者を御前へ指上るにしくはなし」と評義定まり、家中にても夜に入寐入ざる人、又は勝れて夜とぎなど我〱も（「いたす面々を選びて」）○御番を勤るにぞ。殿にも御機嫌克、此義宵より仰わたされ候て[*5]、宿直の者ども「子の刻[*6]過より大切に番して寐入べからず」との御意なれば、「畏り候」とて、宵の間は何れも咄し合て、夜の更るを持（待）けるに、程なく夜半の計時[*7]ひらきければ、「此時刻こそ、大切の御用の場所なり」とたがひに申合、目へたばこのやにあるひはからしの粉を包来り、両の目へぬり付けなどしてねむらじとせしに、八ツ頃[*8]と思ふ頃に至れは、言合しごとく皆〱、一統にねむるにひとしく、殿の御声にて「やれくるしや」とかすかに聞ゆるにぞ、何れも目覚て御前へ出ければ、殿には御声も絶へ〱にて、「水をのませ」と仰せられしゆへ、御薬のひへたるを其儘にて指上ける。

扨、宿直の面〱互に顔見合、「いつの間に寐入し」といふに、「我は一向覚へず。貴殿はいかに」といふに、「某も一ゑんぞんぜず」。おなじ口上なるに依て、此度（「次第を」）「いわぬは猶以、不忠の至りなるべし」とて、右

*4 **夜とぎ（伽）** 一晩中、寝ないで側にいること。
*5 **此義宵～候て** 底本の注に「此義宵より仰わたされ候て」の前後に朱印あり。削除の意か」とある。
*6 **子の刻** 午前零時頃
*7 **計時** 底本の誤字で「時計」であろう。
*8 **八ツ頃** 午前二時頃

の様子を家老・用人衆へ申上ければ、何れも此事を聞、「扨〳〵言がひなき者共かな。武士たるもの、凡治世の時なりといへども、乱世の時の御用を忘るべからざる事、申までもなき所なり。されば乱世の時に至り合戦相はじまる時は、殿の御馬先にて命をはたし御身替り*9「に」立事、心がけの第一なり。然ば治世の時にても其ごとく、武士の心がけは大身小身にかぎらず、たとへ年に壱合の御扶持をいたゞきても、命を捨るに大小有るべからず。*10殿の御命に替らんとおもふほどの心ざしあらば、百日の間ねずともしのび給ふべきに不届なり」と大ひにしかられけり。

巻之弐拾六〔二二〕
重役の衆、碁・将棋始る事
并明王院祈祷并惣太の事

扨、宿直の面〳〵御しかりを蒙り、此上は言がひなき者をたのまんよりはと重役の者に仰付られ、然るに重役七人何れも申合、昼間より暮過ま

＊9 殿の御身替り 『葉隠』聞書第一「教訓」に「武辺は敵を討取つたるよりは、主君の為に死にたるが手柄なり。継信が忠義に知られたり」とあり、義経の命を身を挺して守った佐藤継信のことをたたえている。（一七二）

＊10 命を捨るに大小有るべからず 『葉隠』聞書第一「教訓」に今時の奉公人が欲得で動くと嘆いた後に「我が身を主君に奉り、速に死に切って幽霊となりて、二六時中、主君の御事を嘆き、事を整へて進上申し、御国家を堅むると云ふ所に眼を着けねば、奉公人と言はれぬなり。上下の差別あるべき様なし」と言っている。（三六）

※『葉隠』の引用は、佐賀県立図書館「葉隠データベース」による。

で前後も知らず寐入、初夜前*1よりおきて支度を調、四ツ時*2より七人の者御前へ罷出、碁・将棋を始じめ、或は四方山の物語に夜の更るをぞ持け*3るに、すでに子ノ刻の計時ひらく*4にぞ、「今こそ大事の場所なり」といかやうにねむるとも目を見はりこらゆるといへども、皆〳〵すり〳〵と落入ごとくに成り、南無三宝一大事なりとて気を取直す間に、殿には御くるしみの声聞へければ、何れも欠付*5（駆）いたわり奉るに、御目に泪をうかめさせ給ひて、「先夜は家中の若ものども直宿せしゆへ、前後も知らず寐入しが、今宵は其方達じきにつとむる事ゆへ、宵より心うれしく思へども、案に相違し何れも高いびきになると、其儘我をくるしむるもの来たりし」と仰せられしかば、七人の面々いたしかたなく、此上は如何すべきやと皆々十方（に）くれ、手を出し兼、胸を痛しに、内蔵進申けるは「迚も人力の及びがたき所なれば、此上は神仏にき（気）勢をかけたまわん」と、近辺に明王院*6とて尊き院主ありければ、此僧に頼み、御き願仰付られけり。

この明王院と申は、心剛強にして修力*7も厚かりしかば、此度、殿の御命乞の祈禱を仰付られければ、院主畏り奉「誠に一大事の所なり」と

*1　**初夜前**　戌の刻、午後八時頃。
*2　**四つ時**　午後十時頃。
*3　**持ち**　「待ち」の誤記。
*4　**計時ひらく**　時計の誤記、時刻になること。
*5　**欠付**　「駆付け」のあて字かとの指摘。
*6　**明王院**　不動明王を信仰する寺院。佐賀市には不動明王を祀る実相院・明王院が存在する。なお、実録講談で惣太が祈願するのは滝尾明神であり、滝行を行なう。
*7　**修力**　しゅりき。修行で得

不動尊に向ひ、高らかに珠数おしのべていのりける。
又爰に、此頃半年余り以前より、毎夜〳〵かへる事なく当院へ夜毎に参詣する人あり。是は元当御屋鋪の中間成＊8しが、程なく足軽＊9になり、家中の供或は使をせし伊藤惣太といへる男なり。背の高さ六尺八寸＊10、面くれなひにして眼中 青く＊11、両の耳長く、大力百人勝れし者なりしが、「何卒して知 行＊12にても給り、一ツ功をなさしめ給へ」と一心をくだき参詣する事百五拾日に当りし時、院主は祈禱終り、何に心なく段を下るに、伊藤惣太と顔を見合、ともしびの明りかすかなるによく〳〵詠めらるに、家中の足軽なれば言葉をかけ、「其元、殊勝によくこそ参詣せられし」と言ければ、伊藤惣太承り「私 心願御座候て毎夜参詣致し、今夜にて百五拾日に満ずる日なり」といゝければ、明王院ふと心に当り「此方も殿の御祈禱仰付られしなり。なにはともあれ此方へ入り候得」とて勝手へ招き、「扨〳〵能こそ参られたり」。院主もかんしんして「百五拾日、夜参けいとは夢々にもしらず。是までふていし＊13致候段、用捨あれ」と互ひに心能噺合けるは、殿の御運のつよき所、二ツには明王院・惣太も運のひらきし、誠に不動尊の感応＊14なりとしられけり。

た力。

＊8 **中間** ちゅうげん。武家の召使いの中で最も軽輩の者。下人。

＊9 **足軽** 普段は雑役をする下級武士。

＊10 **六尺八寸** 二メートル四センチ程度。大男である。

＊11 **面くれなひにして眼中青く** 〜 顔が赤いのは力が強いことを表し、惣太が普通の力の人間ではないことを表現している。

＊12 **知行（ちぎょう）** 俸禄として支給された土地、領地。

＊13 **ふていし（不亭主）** 亭主しないこと、おもてなしもしないの意。

＊14 **感応** 信心が神仏に通じること。

睡魔(すいま)に負けた不寝番(ふしんばん)、叱責(しっせき)される

【巻之弐拾六(二十六)〔一〕　直宿の面々、不思議の事、并御叱り蒙る事】訳

その時、殿は苦しそうな息の下から、「何を隠そう。昼はそれほど苦しくはないけれども、夜に入って午前二時頃と思う頃に、ひととき私を苦しめることがはなはだしい。何者だろうと気をつけて見るけれど、形は見えない。陰茎を押さえて、様々に苦しめることは我慢できない。宿直の者を呼ぼうとするが、息が出来ない上、皆寝入っていてたわいない。これはきっと妖怪が私を襲っているのだとわかったけれども、武士たる者が『妖怪に犯されたのだ』と人に言われることは心外である。命はすでに覚悟しているが、それにしても無念なことだ」とお話なさった。

内蔵之進は、「このことを承ったからには、内々で皆と相談し取りはからいたいと存じますので、ご安心ください。ずいぶんお身体を大切になさってください」と申し上げて、退出した。

さて、家中の中で勘定頭を勤める八尾彦兵衛(はちおひこべえ)という者は、気がきいた才知の者であるので、内蔵之進はこの者のところへ行って殿のお話を相談した。八尾は「なるほど、それならば対処法がある」といって、用人たちは寄り合い相談して「殿に寝ないで番をする者を差し上げるのがよいだろう」と相談がまとまって、家中で夜に寝ない人や優れて不寝番(ふしんばん)を務めた人物を選んで、我も我もと不寝番を勤めることになったので、殿もご機嫌よく宵から「宿直の者たちは、午前零時ごろから気をつけて番をして、眠らな

いように」とご命令をなさった。「かしこまりました」と、宵の内は皆話し合って夜が更けるのを待った。ほどなく夜半となったので、宿直の者たちは「この時刻こそ、大事の御用の場だ」と互いに申し合わせて、持ってきたタバコのヤニや辛子（からし）の粉などを両目に塗りつけたりして、眠るまいとしたが、午前二時頃だと思う頃になると、言い合わせたように、皆一度に眠ってしまい、殿の声が「ああ、苦しい」とかすかに聞こえてきたので、皆目が覚めた。殿の御前へ出ると、殿は息も絶え絶えで「水を飲ませよ」と仰せになるので、お薬が冷えていたのをそのまま差し上げた。

さて、宿直の番の者たちは、互いに顔を見合わせて「いつの間に眠ってしまったのだろう」「私はまったく覚えがない。貴殿はどうだ」と言うと、「私も全くわかりません」と同じ言葉であったので、「このことを申し上げないのは、ますます不忠の至りであろう」ということで、その夜のことを家老・用人衆へ申し上げた。

家老たちはそれを聞いて、「それにしても、頼りにならない者どもだ。武士たる者、治まる御代であるといっても乱世の時の御用を忘れるべきではない事は、言うまでもないことだ。乱世の時になって合戦が始まった時には、殿のお馬先で命をかけて御身代（おみが）わりに立つことが、心がけの第一である。つまり、この平和な世にあってもそのように、武士の心がけは俸禄（ほうろく）の大小に限らない。たとえば年に一合の給金をいただく身であったとしても、命を捨てる時には給金の大小は問題ではない。殿のお命に代わろうと思うほどの志があるならば、百日の間寝なくとも我慢できるはずなのに、不届きである」といい、宿直の者たちは大変叱られた。

重役たちも眠り、明王院と惣太登場

【巻之弐拾六〔二〕 重役の衆、碁・将棋始まる事、并明王院祈祷并惣太の事】訳

さて、宿直の面々は家老用人衆から叱責されたが、この上は言う甲斐もない者を頼むよりはと、重役の者が宿直することになった。そのため、重役七人が相談して、昼間から暮れ過ぎまでしっかりと睡眠を取り、午後八時前に起きて支度を調え、午後十時頃に七人が殿の御前へ出て、碁・将棋を始めたり、あるいはたくさんの物語をしながら夜が更けるのを待った。午前零時ころになるので「今こそ、大事の時だ」と、眠たくなっても目を見張ってこらえようとしたが、皆するすると落ちるように眠くなり、「南無三宝一大事だ」と気を取り直しているうちに、殿の苦しんでいらっしゃる声が聞こえた。

重役たちが駆けつけて介抱申し上げると、殿は目に涙を浮かべなさって「先夜は家中の若い者たちが宿直したので、前後も知らず寝入ってしまったと思ったが、今夜はお前達が直接番を勤めてくれる事になるので、宵からうれしく思っていたが、案に相違していずれも高いびきをかき始めると、私を苦しめるモノがやってきた」とおっしゃった。七人の重役たちは、どうしようもなく、この上はどうしたらよいのだろうかと、途方に暮れ、胸を痛めることになった。

内蔵之進は、「とても人の力が及びがたい所なので、この上は神仏に祈誓をかけましょう」と、近く

に明王院（みょうおういん）という尊い院主がいたので、この僧に頼んで御祈願を申しつけられた。

この明王院という方は、心剛健で修行の力も厚いものがあった。このたび殿の命を救う祈祷を仰せつけられたので、かしこまって「誠に一大事のところだ」と、不動明王に向かって、高らかに数珠を押しもんで祈った。

その頃、半年あまり前から毎晩この院へ参詣する者がいた。この者、元はお屋敷の中間（ちゅうげん）であったが程なく足軽（あしがる）になり、家中の武士の供や使いなどをしていた伊藤惣太（いとうそうた）という男であった。背の高さは二メートルを超え、顔は赤く目が青く、両方の耳が長く、力は百人以上という優れた人物であった。

「なんとかして、領地をいただけるような一つの功績を挙げさせてください」と、惣太が一心に参詣して百五十日目に当たる時、明王院は祈祷を終えて何心なく階段を下り、惣太と顔を見合わせた。

灯火のかすかな明かりでよくよく見ると家中の足軽であったので、明王院は声をかけた。「そなたは、殊勝によくご参詣になった」と言うと、惣太は「私、心願がございまして毎晩参詣いたしました。今晩が百五十日の満願日でござる」と答えた。

明王院はふと思いつき、「私も、殿のご祈祷を命じられておる。なにはともあれ、こちらへお入りなさい」と勝手へ招いて、「それにしても、よく参詣なさった。私も感心しておりますが、百五十日間夜ご参詣とは夢にも知らず、これまでおもてなしもいたさずにいたこと、ご容赦あれ」と、互いに快く話し合った。このことは、殿のご運の強さ、二つ目に明王院・惣太も運が開けたことは、真に不動尊に信心が通じたことだとわかったのである。

巻之弐拾七〔一〕

明王院、惣太を進る事、并惣太、願望成就の事

斯て明王院は、惣太に向ひ申されしは、「貴殿、さほどに心をこめ参けいせられては、如何なる心願なるや。某し、行者の事なれば、包まず咄し給へ。其上にて、某本尊へよろしくきせひ（祈請）致、心願成就する様に致参らせん」と申されければ、伊藤惣太頭を下げ大に悦び「貴僧の御心ざし、いつの世にかは報じ奉らん。私儀も人なみの者にて御座候はゞ、此段直に御頼申上、御祈願御願ひ申上度存候得共、御覧の通りわづかの切米取*1の義なれば、御遠慮申上候。其上妻子等も御座候ゆへ、何角入用多、家内もひしとつまりこんきう仕候へば、本尊へさゝげ物もなりがたく、心願のすじは、私奉公人の義、別の願御座なく、ご主人の為に候はゞ、命をさし上候てなりとも相応の立身致候上、殿様の御目通り*2も出候様、仕度願望にて御座候」と申ければ、明王院是を聞「成程、尤至極の願ひなり。

*1 **切米取**　大名家から年俸として、年貢米を受け取る中下流の家臣。

*2 **御目通り**　主君に直接会えること。なかなかできることではない。

然らば、某が申事を能聞れよ。其元の願望を成就させ申べく、其元命を捨給はんや」と尋ければ、惣太申様、「一日にても殿様の御目通りへ出られ候に於ては、命は露ちりほどもおしからず候」といふにぞ、「然らば、某も心中を申べし。其元にも聞及れんか、此度、御用人中より某に殿の御命乞の御祈祷申参りたり。殿様御着の砌り御病気に取つかれ、毎夜丑の刻頃に至れば、御なやみ被遊、怪異のためにおかされ、殿の御介抱を致事かなわず。なにとぞ其方命を捨る了簡にて『殿の御為にならん』と思はれなば、此所をがてんして、たとひいかやうの事ありて一身のしびるゝ程にありても、一夜ねむらずに御側に直宿せられなば、殿の御祝（悦）＊3いか計り、定て立身出世の義は我等受合申べし」と申ければ、惣太大ひに悦び、「是ひとへに不動明王のご利益、有難奉存候。去ながら、私風情の身分にて、殿の御側近く御番相勤候事、叶ひ申べくや」と申けれは、「其所は拙僧申上候て、能計らひ申べく、然るうへは、其方一命を捨て急度御番相勤べき慥成る証拠を見せ給へ」と申ければ、惣太「それこそ安き事なり」とて、元より命を捨る事をなにとも思はざる者なれば、直に夫

＊3 **御祝** 「御悦」の誤り。

より身を清めて、本尊の前に座を組にける。

巻之弐拾七〔二〕
明王院、忠言申述る事、
并伊藤惣太、召出る事

斯て惣太、一心不乱に不動尊の前に座し、身うごきもせず真言をとなへ座し居たる。

扨、此真言を唱る事は、惣太も元より不動明王をしんこふするゆひ「ゑ」よく存、山伏は申迄もなく存候へとも、しろふとのしらざる事、多分是あり。

不動明王の真言[*1]

ノフ○マク○サン○マンダ○ハアサラタ○センダ

マカハシヤ○タヤ○ソワタヤ○ウンタラ○タアカアマン○

と一心に口の内にて唱へ座し居たりけるを、明王院とくと伺ひ見られし

＊1 **不動明王の真言**　「真言（しんごん）」とは、偽りのない真実の言葉、不動明王を念ずる時に唱える呪文のこと。不動明王には大・中・小の三つの真言があり、ここで唱えられているのは、中の「慈

に、宵の儘にて明朝まで少しもたいくつの色[*2]なく手を組んで[*3]身うごかさず。明王院もかんじ入り、「此者こそ、殿の御役に立べきものなり」と早朝より用人中迄罷越し、明王院申されけるは「此度の義に付、不動明王の御かげにて、殿の御番直宿仕べく人御座候間、急に御意を下し置かれ然るべし」と有けるに、何れも是を聞、「大慶の至り、然しいか成るものにて御座候哉」と尋ければ、明王院答へて「外の者にても候はず。御家の足軽伊藤惣太にて御座候」と申されければ、皆〳〵、あきれ「夫は中〳〵相ならず義なり。殿の御目通りへも出ぬ小身の者、此節殿大切なる御側へは思ひも寄らず」と申されければ、明王院、「扨〳〵、各方は不忠至極の方〳〵なり。拙僧が心は、かやうの人の出しこそ不動明王の利益、殿の御運の強き所とありがたく存罷有る所に、『足軽づれなり』とてあなどり、御側へ勤させ給はぬは平生の義なり。今御大病にて日々に御げん気おとろへさせ給ふに、各方は如何御心得被成候ぞや。殿の御命をすくひ奉るに至ては、足軽はおろか、譬ひ乞食非人なりとも身を改させ、御召出しあっても、少しもくるしかるまじき御事なり。惣太、早速今日御召出被成候て、右の

救呪」で、この呪文を唱えると災厄を逃れ願いがかなうという。

＊2　たいくつ（退屈）の色　くたびれたようす。

＊3　手を組んで　印を結んで。真言を唱える時の手の組み方をしていた。

義仰付られ候べし」と席をうちて、赤面の躰にて申されければ、各、「いか様、其理も去る事なり。如何あらん」と評議最中へ内蔵進参り合せ、「申にも不及候へ共、只今明王院の申さる処は仏智の名言、某も先日よりつく〳〵存候に、『此度の直宿、相勤なば、大切の御恩賞あり』と一家中へ申出しなば、千に一ツも御役に立人もあるまじき物にもあらずと思ひ居れどもなきに、今日明王院の申出る処、天のあたへ、則不動明王の御しめしに相違あるべからず。急ぎて伊藤惣太を召出すべし」とありしに、用人中何れも「内蔵進殿の一言、理の当然。さりながら、只今まで歴〳〵の人々さへ相勤兼し処、わづかの足軽中間ふぜひを召出れ、万一同じ事ならは、益なき事恥ならん」と申せしかば、内蔵進聞もあへず、「各方の御言葉とも覚ず、足軽も殿の御用勤むべきために召抱置れし者なれば、何のはしかあらん」。なにはともあれ、呼遣しければ、惣太はうどん花[*4]の開し心地にて、妻子どもに能〳〵い〻聞せ、「此度某を命を君に奉る也」とうれしき中も妻子にわかる〻事なれは、互ひにちしほの泪をながし、いとま乞して、夫より評定所へ出行けるとなり。

＊4 **うどん花（優曇華）** 三千年に一度花咲くという木で、良い知らせであることや、極めて稀なことのたとえ。

明王院、伊藤惣太（いとうそうた）を推挙（すいきょ）する

【巻之弐拾七（二十七）〔一〕　明王院、惣太を進る事、并惣太、願望成就の事】訳

明王院は，惣太に向かって「これほど心を込めて参詣なさるのは、どのような心願なのでしょうか。私は行者（ぎょうじゃ）ですから、隠さずに話してください。その上で、ご本尊に祈請をいたし、願いがかなうようにいたしましょう」と申されたので、伊藤惣太は頭を下げて大変喜んで、次のように語った。

「明王院様のご厚意にいったいいつの世になったら、御恩を返すことができるでしょう。私が人並みの者でありましたら、直接ご祈願をお願い申し上げたいのですが、御覧の通りのわずかな給金でございますので、遠慮しておりました。妻子もございますので、何かと物入りで家計も苦しく困窮しておりま す。そのため、ご本尊への捧げ物をすることもできません。願いのことは、奉公人である私にとって他のことはございません。ご主人様のためであるならば、命を差し上げてでも相応の出世をし、殿様のお目通りができるようになりたいという願いでございます。」

明王院はこれを聞いて「なるほど、もっともな願いです。それでは、私が申し上げることをよくお聞きなさい。ご自分の願いを成就するためには命を捨てることができますか？」と尋ねた。

惣太が、「一日でも殿様の御前に出ることができましたら、命は露塵ほども惜しくはございません」と言うので、明王院は「それならば、私も心の内を申しましょう。そなたもお聞き及びではないか？ご

用人衆から私に殿のお命をお助けするご祈祷を承った。殿様が国元にお着きになってより、ご病気に取り憑かれ、毎晩午前二時頃になるとお苦しみになる。怪異のために邪魔されて殿のご介抱をすることができない。どうか、命を捨てる覚悟で『殿の御ためになろう』と思うなら、ここのところを理解して、たとえどのような事があって、体中がしびれるほどであっても、一晩寝ないでお側で宿直の役をしたならば、殿のお喜びはどれほどであろう。立身出世のことは私が確かに保証しましょう」と語った。

惣太は「これはひとえに不動明王のご利益、ありがたく存じます。」と大変喜んだ。「しかし、私程度の身分で殿のお側近くで不寝番の役をお勤めすることが可能でしょうか」と言った。明王院は、「そのことは私が申し上げて、うまく取り計らいましょう。そのためには、そなたが命を捨てて必ず不寝番を勤めることができるという確実な証拠を見せてください」と言うと、惣太は「それこそ、簡単なことです」といって、元から命を捨てることを何とも思わない者であるので、すぐに身を清めて本尊の前に座った。

明王院、大演説して惣太が召し出される

【巻之弐拾七(二十七)〔二〕 明王院、忠言申述る事、并伊藤惣太、召出る事】訳

惣太は、一心不乱に不動尊の前に座って、身動きもせずに真言(しんごん)を唱えていた。

さて、この真言、惣太は元より不動明王を信仰していたのでよく知っており、山伏は修行のため知っているのは言うまでもないが、普通の人は知らないことが多い。

不動明王の真言

「ノウ・マク・サン・マンダ・ハアサラタ・センダ・マカハシヤ・タヤ・ソワタヤ・ウンタラ・タアカアマン」

と、一心に口の中で唱えて座っているのを、明王院はしっかりと見ていたところ、宵のままで翌朝まで少しもくたびれたりする様子もなく印を結んで体を動かさなかった。

明王院も感じ入り、「この者こそ、殿のお役に立つべき者である」と、早朝から用人たちの所へ参上して、「この度の殿のご病気のことにつき、不動明王のお陰で、殿の不寝番の役を務めることができる人物がおりますので、すぐにご下命を下されるのがよろしかろう」と進言した。

用人たちはこれを聞いて「それは喜ばしいことです。しかし、どのような者でございますか」と尋ねた。明王院は「他の者でもございません。御家の足軽伊藤惣太(いとうそうた)でございます」と答えたところ、人々は驚き「それは出来ない相談であろう。殿の御前へも出たことがない身分の低い者を、殿の大事な時にお側へ差し上げるなどとは思いもよらぬことである」と言う。

明王院は、「おのおの方は、たいへんな不忠者である。私はこのような人が現れたのは不動明王のご利益、殿の強運の現れとありがたく存じおるのに、『足軽程度である』といって侮って、お側へ勤めさせないのは普通の時のことであろう。今、殿はご大病で日に日に体力が衰えていらっしゃるのに、おのおの方はなんと心得ていらっしゃるのか。殿のお命をお救いするのに、足軽はおろかたとえ乞食非人であったとしても、身分を改めさせ召し出されても、少しも苦しくないことである。惣太を早速今日、召し出されて宿直をご命じなさい」と、大声で座を打って、興奮した様子で主張した。

用人たちは「なるほど、それも道理である。どうであろう」と評議している最中へ、大沢内蔵之進（くらのしん）がやってきた。

内蔵之進は、「言うまでもないことですが、ただいま明王院がおっしゃったことは、仏のお言葉です。私も先日から、つくづくと考えており、『このたびの宿直を無事に勤めたならば、大きな恩賞がある』と、一家中へ申し出したならば、千に一つの確率でも役立つ人物がいないこともないだろうと、思っておりましたが、今日明王院がおっしゃることは天のあたえ、すなわち不動明王の御示しに間違いありません。急ぎ伊藤惣太を呼び出しましょう」と言った。

用人たちは「内蔵之進殿の一言は、道理である。しかし、今まで歴々の人々でさえ勤めることができなかったのに、わずかな身分の足軽中間風情（あしがるちゅうげんふぜい）の者を呼び出して、万一同じことであったならば、無益な恥であろう」と躊躇（ちゅうちょ）した。

内蔵之進は聞き終わるのを待たず「皆様方のお言葉とも思えません。足軽も殿の御用を勤めるために召し抱えておかれた者ですから、何の恥になりましょう」と言った。

何はともあれ惣太を呼びに人を遣わしたので、惣太はめったにない幸運、念願がかなった気持ちがして、妻子に「この仕事、命を捨てる覚悟である」とよく言い聞かせたが、うれしい中にも妻子と別れることなので、お互いに何度も血のような涙を流して別れの挨拶をして、惣太はそれから評定所へ出かけていったということだ。

巻之弐拾八〔一〕

惣太、忠義の心庭(底)を顕す事 并君の御目通(り)にて格式被仰付事

斯て明王院、惣太を同道して評定所へ出けるに、諸人並居る処へ惣太はつと平伏し、然る所に内蔵進声をかけ、「其方、此度大役を仰付けられし間、首尾よく相勤べきや」とありしかば、惣太はつと内蔵進が側へさし寄り、「恐ながら此度の義、下郎の拙者へ仰付られ候事、有難仕合、冥加*1相叶ひ候なり。申迄も御座なく候得共、寐入り申候はゞ、明日早速切腹仰付られ下さるべし」と詞をはなつて申けるは、実に神妙の至りなり。「扨其方の聞通り、只今迄何れも『我こそ』と思へつとむれども、其時刻に至るとしきりにねむくなりて、皆多葉紛のやに或は唐がらしなど目にぬりつけ候へども、中〳〵ひゞかず。いつのまにか高いびきなり。前後もしらず寐入事なれは、是まで誰壱人も目を明け居たる者なし。然るに其方の覚語*2はいかに」と申されければ、惣太承り「私覚語はヶ様に仕候」と

*1 **冥加** 神仏の加護。思いがけない幸せ。

*2 **覚語** 「覚悟」のあて字か。

言より脇ざしの小柄＊3をはづしさか手に持、右の方のひざへ突立ければ、何れも驚き「狂気せしや」と見るに、惣太打笑ひ「最早日も西山にかたむき候へば、此儘御前へ御出し下さるべし。是にてねむり候まじ」と申ければ、一座の人々何れもかんじ入、扨惣太、己が足に小柄を深くさし込、流るゝ血しほをもいとはず、「此儘御前へ御出しくだされよ」と申せしかば、内蔵進かんじ入、「天晴の魂、足軽にはおしき者なり。弐百石三百石給りて着服を着して勤むる者ははづかしく、其方が只今の振舞、たのもしき武士の鏡なるべし」。

疵口を小柄もろとも絹にてしかとまき、両三人御前へかき出す内に、其日も西に傾けば、御寝所には万〳〵（満）と銀の燭台に大蝋燭（燭）数万てり輝き、御小性衆・坊主達夫〳〵に並居たる中を、伊藤惣太、四人の手ぐり＊4にかき上られて御前の御居間の次まてかき出れば、人々是を見て、足軽の惣太を殿の御覧ありて、「あれは何に者なるぞ」と仰ありしに、内蔵進罷出、「彼れは御家の下々にて賤しき者に候へども、此度殿様御病気に付、何卒一夜御直宿相勤見申度由、相願申候に付、神妙に存候ゆへ、御機嫌を

＊3 **脇ざしの小柄** 武士は大小の二本の刀を差すが、そのうちの短いものを脇差という。その脇差の鞘に添えた小刀を小柄という。

＊4 **手ぐり** 手渡しでものを運ぶこと。

も伺(い)奉らず、此節少しなりとも御くるしみを御のがれなんぞ＊5被遊候よふにと存、私了簡を以、御番申付候所、寐らざる証拠として己がひざへ小柄をさしこみ、『其痛をこらへて相勤申さん』との義にて、かくのごとく歩行不自由に御座候故、恐ながらかくのごとくに(朱字)〔「取計申候」＊6段申し上ければ、殿様、〕「無念の至りに思ふ所に、武運の尽ざる印にや、忠信の其方にめぐりあひ、何卒今宵我側に勤るからは足軽にては済まじ。先く、格式＊7をあたへ、目近くよりて番をさすべし」と仰有りしに依て、馬廻り格＊8にて高弐百石となし給はりければ、惣太は「ありがたし」と計にて、信心きもにめいじ、落涙留め兼てぞ見へける。

巻之弐拾八〔二〕
惣太、不動尊の利益にて無滞勤むる事
并妖悟(怪)を見留る事

扨、其夜は、内蔵進も御番相勤しに直宿の人々都合九人、我かたづを呑、

＊5 **なんぞ**　ミセケチで削除を示す。

＊6 「取計申候」～殿様まで朱書で補う。

＊7 **格式**　地位や資格。

＊8 **馬廻り格**　殿の馬の廻りで護衛にあたる係。主君の身近に仕える警護係。

惣太忠信にはげまされて「爰ぞ大事」と守りつめて居たる所に、其夜も次第に更行に随ひ、世間もしづまり程なく九ツ*1の時計聞ゆれば、「今ぞねむりのきざす頃なり」と銘〳〵心得よふがい*2をなせば、殿様にも御念仏の声高らかに御声をあげられ、「我をなやます刻限なるぞ。皆〳〵気を付よ」と仰せられしかば、惣太、「畏り奉り候。少しも御気遣ひ被遊まじく候。私御直宿仕候上は、天魔鬼神にても君の御側へ近付申まじ」と言けるにぞ、御悦限りなし。

とかくする内に八ツの計時（ママ）ひらきければ、俄に一しきりに風おこり物すごくなり、戸障子さば〳〵となるとひとしく、身の毛立て心細くなるとおもふ内に、何れも言合せしごとくねむり打倒て高いびきになり、前後もしらずふしにけり。惣太も同じくねむりきざしければ、「爰ぞ大事の所なり」と目をいからしこらへけれども、ひき入ごとくに成り、口に不動尊の真言を唱へながら、ひざにつき立し小柄を猶〳〵深くさし込、きり〳〵とくり廻すに、骨けずれ血は滝のごとくに流れるもいとわずして、側なる人〳〵を声をあげておこせども、何れもたわへなく、だれ壱人おき立る者もなし。

*1 **九つ**　午前零時（子の刻）のこと。

*2 **よふがい**　「がい」をミセケチして「じん」と朱書き。用心の意。

殿には惣太が声を聞し召、「惣太、能もおきあかし、くるしむるものゝ時刻来り、随分気を付よ」との給ふ折から、ふと耳をすまし聞に、御書院＊3の先に飛石づたひに駒下駄の音して来るものあり。惣太、「心得ず」と伺ひ居るに、やがて椽がわへ上がり、障子をさら〳〵と明〔開〕けて内へ入りしを能〳〵見れば、殿の奥方と見へてさも美しき女性、打懸＊4姿しどやかに跡にこし元女中五人付添ひ、手燭をとぼし内へ入、惣太を急と見て何れも驚きし顔付にて、「其方は何者成るぞ」と問に、惣太頭を下げ、「私義は伊藤惣太と申者なり。今日より御意を蒙り、殿の御直宿仕候」と申ければ、奥方「扨〳〵其方は気丈なるものかな。外の面〳〵は打倒れ正躰なきに、よくも直宿を勤候。太儀。さらば殿の御病気を尋奉らん」とて、こし元つれて唐紙＊5おし明、一間へ入と其儘殿様一声の給ふ跡にて、「やれくるしや」との給ふにぞ、惣太驚欠(駆)入らんとするに、五躰すくみて惣身針(釘)にて打付しごとく、はたらく事叶わず。「口おしや」と力(刀カ)を追取＊6、立上がらんとすれども一向叶わず「無念」といふ内に、奥方・女中何れも打わらひながら立出、惣太に向ひ「随分油断なく御番を勤申べし」とて、何れも元のごとく

＊3 **御書院** 武家屋敷の居間兼書斎にあたる建物。殿が休んでいるところ

＊4 **打懸（掛）** 上層階級の女性が小袖の上に帯をしないで羽織った着物。

＊5 **唐紙** 唐紙障子（からかみしょうじ）のこと。厚い紙を貼った障子。

＊6 **力を追取** 刀を追取とすべきを、誤写したか。

障子をあけて庭におり駒下駄をはき、しづ〳〵と出行給ふ。
惣太心に思ふよふ、「何にともあやしき事なり」と思ふとひとしく、惣身働き出ければ、其儘庭へ飛おり、跡をしたひ行しに、切戸[*7]を明てばた〳〵と出行ぬ。惣太つゞひて切戸を開かんとするに、外より錠をおろしければ中〳〵明がたく、ぜひなく立帰りしに、何れも目を覚し驚き居る躰なり。惣太を見て「いづくへ行れしや」といふに、右の次第を語りければ、皆〳〵「夫は跡形もなき空事、定て大事〳〵と思ふて居るゝに眠りの夢なるべし」と申ければ、惣太ははがみをなし、口惜がり「我なんぞねむりをしやうぜんや。正しく奥方にて女中五人を召つれて来りしが、皆〳〵殿様御側へ行給ふとおもふに、殊の外くるしませ給ふといへども、某一身はたらく事あたわず。殿様の御くるしみの御声を聞ながら、御側へ行事叶わぬ事、いか成る因果ぞや」となげきしを内蔵進聞て、「尤なる次第なり。然し奥方の夜更て来りたまふべきいわれなし。其方先夢と心得よ」としかり付ながら、目にて知らせしに、惣太も世(是)非なくとゞまりけるとなり。誠に口惜しき次第なり。

*7　**切戸**　くぐって出入りする小さな門。塀を切り開けてつけた戸。

惣太、忠義の心を見せ身分をいただく

――【巻之弐拾八（二十八）（一）　惣太、忠義の心庭（底）を顕す事　并君の御目通にて格式被仰付事】訳

こうして明王院は、惣太を同道して評定所へやってきた。人々が並んでいるところで惣太は、「はっ」と言って平伏した。そこへ内蔵之進が「その方は、このたび大役を仰せつかったのだが、きちんと勤めることができるのか」と声をかけた。惣太は、内蔵之進の側へ寄って「恐れながら、身分卑しいわたくしにご命令くださったこと、ありがたき幸せで、念願がかないました。言うまでもないことでございますが、もし眠ってしまったならば、明日すぐに切腹をご下命ください」ときっぱりと申したことは、ほんとうに神妙である。

内蔵之進はさらに「さて、その方も聞いている通り、いままで誰もが『我こそは』と思って不寝番を務めたけれど、その時刻になるとしきりに眠くなって、皆たばこのヤニや唐辛子などを目に塗りつけたけれども、まったく効果がない。いつの間にか高いびきをかいている。前後も知らず寝入ってしまうので、これまで誰一人として目を開けていたものがない。そうであるのに、その方の覚悟はどうだ」と言ったので、惣太は「わたくしの覚悟はこうでございます」と言うやいなや、脇差の小柄を外して逆手に持って、右の方の膝へ突き立てた。

見ていた人々は驚いて「気が狂ったのか」と見ると、惣太は笑って「もはや日も西に傾いております。

このまま殿の御前にお出しくださいこれで眠ることはありますまい」と言ったので、そこにいた人々は皆、感動した。

惣太は、自分の足に小柄を深く刺し込んで、流れる血潮もかまわずに「このまま御前へお出しくださ い」と言うので、内蔵之進は感心し、「あっぱれの心意気、足軽には惜しい者である。二百石三百石の知行をいただいて、分相応の着物を着て勤める者が恥ずかしい。その方のただいまの振る舞いは頼もしい武士の鑑であるぞ」と言った。

惣太の傷口を小柄もろとも絹でしっかりと巻いて、二三人で殿の御前へ運んでいく内に、その日の太陽も西に傾いた。殿のご寝所には銀の燭台に大きなロウソクが数万照り輝き、お小姓たちや坊主たちがそれぞれ並んでいる中を、伊藤惣太は四人に手車にかきあげられて、御居間の隣の部屋まで運ばれてきた。

人々は足軽の身を怪しみ、殿も御覧になって「あれは何者か」とお言葉があったので、内蔵之進がまかり出て、「あの者は当家の下男という卑しい身分ではございますが、このたびの殿の御病気について、なにとぞ一夜宿直役を勤めてみたいと願い申しました。感心なことだと存じまして、殿の御機嫌をも伺い申し上げず、この節のこと少しでも御苦しみから離れることができますようにと存じ、私の一存で、不寝番を申しつけました。すると、寝入らない証拠として自分の膝へ小柄を突き刺し『その痛みをこらえてお勤め申し上げます』ということで、このように歩行が不自由でございますので、恐れながらこのように人に運ばせております」と申し上げた。

殿は「無念の至りに思うところに、私の武運がつきない証拠であろうか。忠信のその方にめぐりあうことだ。今宵、我が側で番を勤めるからには、足軽ではすむまい。まず、それなりの身分を与え、目近く寄っての番をさせよう。」とお言葉があったので、警護役として二百石を知行としてくださった。惣太は「ありがたいことです」とだけ言い、この喜びを肝に銘じて、落ちる涙をとどめることができないように見えた。

惣太、不動明王（ふどうみょうおう）のご利益（りやく）で妖怪を見届ける

【巻之弐拾八（二十八）〔二〕　惣太、不動尊の利益にて無滞勤むる事、并妖怪を見留る事】訳

さて、その夜は内蔵之進も宿直の番を勤めたので、不寝番の人々は合計九人。惣太の忠義と信実の心に励まされて「ここが大事だ」と固唾（かたず）を呑んで守り詰めていた。その夜も次第に更けてゆき、世間も静まり間もなく午前零時を告げる時計の音が聞こえたので、「さあ、これからが眠気がきざす頃だ」と皆が心得て用心をすると、殿も念仏の声高らかにして「私を苦しめる時刻になるぞ。皆々気をつけよ」とおっしゃった。

惣太は「かしこまりました。少しもお気遣いなさる必要はございません。わたくしが宿直いたしておりますからは、天魔鬼神であっても殿のおそばへは近づけません」と言ったので、殿のお喜びはこのう

えなかった。

そうこうするうちに、午前二時の時計が鳴ると、急にひとしきり風が起こり、ぞっとする気配になり、戸障子がばさばさ鳴ると同時に、身の毛がよだって心細くなると思うと、いずれも言い合わせたように眠ってしまい高いびきをかいて、前後もしらず倒れ伏してしまった。

物太も同様に眠気がきざしたが、「ここが大事なところだ」と目をいからしてこらえた。しかし、引き込まれるように眠くなるので、口に不動尊の真言を唱えながら、膝に突き立てた小刀をより深く刺し込み、きりきりとえぐるように回した。骨が削れ血が滝のように流れてもかまわず、そばにいる人々に声をかけて起こしたけれども、誰も反応なく誰一人起き立つ者はなかった。

殿は惣太の声をお聞きになり、「惣太、よく起きておった。私を苦しめるモノがやって来る時刻だ。しっかり気をつけよ」とおっしゃるところに、ふと惣太が耳をすませて聞くと、御書院の先の飛び石を伝って駒下駄の音をさせて来るものがいる。惣太は「おかしい」とようすをうかがっていると、やがて縁側へ上がって、障子をさらさらと開けて中に入ってきたものをよく見ると、殿の奥方と見えるたいへん美しい女性である。打ち掛け姿もしとやかで、後ろには腰元女中が五人付き添い、手燭を点して中へ入ってきた。

惣太をきっと見て、みな驚いた顔になり、「その方は何者であるか」と尋ねるので、惣太は顔を下げ「私は伊藤惣太を申す者です。今日から殿のご命令を受け、宿直を勤めております」と言うと、奥方らしき女は「それにしても、その方は気丈な者じゃ。他の者は皆うち倒れて正体もないというのに、よくぞ宿直を勤めていますね。ご苦労。それでは殿の御病気見舞いをいたしましょう」と言って、腰元を連れて唐紙を押し開けて、一間へ入った。

するとすぐに殿様が一声「ああ、苦しい」とおっしゃるので、惣太は驚いて駆け入ろうとしたが、体がすくんで釘で全身打ち付けられたように、動くことができない。「悔しい」と刀を取って、立ち上がろうとするけれども全く動けない。「残念」と言っていると、奥方と女中たちが笑いながら一間から出てきて、惣太に向かって「せいぜい油断無く、警護をお勤めなさい」といって、来たときのように障子を開けて庭におり、駒下駄をはいてしずしずと帰っていった。

惣太は「なんとも怪しいことだ」と思っていると、体が動くようになった。そのまま庭へ飛び降りて、跡を追っていくと、切り戸をあけて音をたてながら出ていった。惣太は続いて切り戸を開けようとしたけれど、向こうから鍵をかけてしまったので、開けることができず、仕方なく戻った。

宿直の番の者たちはみな目を覚まし、驚いた様子である。惣太を見て「どこへ行っておられたのか」と言うので、これまでの様子を語ったところ、人々は「それは根拠もない嘘であろう。きっと大事大事と思っていたので、眠ってしまった夢であろう。」と言う。

惣太は歯ぎしりして悔しがり「わたくしがどうして眠ったりしましょうや。まさしく奥方様で、女中五人をお連れになっておいでになり、殿様のお側へ行ったと思うと、殿様がお苦しみになったのですが、私はまったく動くことができませんでした。殿のお苦しみの声を聞きながら、おそばへ行くことが出来ないとは、なんという因果であろう」と嘆いた。内蔵之進はそれを聞いて「もっともなことである。しかし、奥方様が夜更けてからおいでになるという訳はない。その方の夢であったと心得よ」と叱りつけながら、目で合図を送ったので、惣太も仕方なく黙ったということである。本当に悔しいことであった。

巻之廿九〔一〕

大沢内蔵之進、才智の事
附 皆々直宿相勤る事

扨も内蔵之進、其夜とくと工夫をめぐらし居たりけるに、夜はほの〳〵と明にけり。しかるを内蔵之進、惣太を一間へ招ぎひそかに尋けるは、「いよ〳〵奥方実正に来り給ひしや」と問ふに、「来り給ひて毛頭相違御座なく、しかれども御顔はいまた御目見へいたさずゆへにぞんぜす候得ども、しかと奥方の御様子に相見へ候」といふにぞ、「然らば其方、今一夜御直宿致さるべし。我は奥方の御前にていろ〳〵謀事をめくらし、何方へも出給ふ事なき様に取計ひ申べし。其方も太儀ながら、今一夜相勤くれ候様に」と申されければ、惣太「かしこまり候」とて御受申ける。

しかるに其夜、内蔵之進家来に申付、色〳〵珍しき酒肴をこしらへ、奥方の前へ持参し、「此間は、殿様長〳〵の御病気にて、定て御気つまり成べし。某し御慰の為、御酒を持参仕り候まゝ、一こん召上り候へ」とて、女中方何れも招き集め、夜の更る迄酒宴せしに、すでに其夜も八ツ頃に至りければ、奥方仰には「最早夜も更けたり。其方も帰るべし」とて、女中諸とも座を立んとし給へしに、内蔵之進「今しばし、御留参らせ。折角持参せし肴の内に、いまだ御目に懸ざる品も御座候得ば、まつ〳〵御待下さるべし」とて、御袖にすがりて引留ければ、女中、内蔵之進に向へ「是は不行義なる振舞かな」と申ければ、内蔵之進打笑ひ「こは女中方の詞とも覚へず。某においては、女中方にいかやうのたわむれいたしたりともくるしからず候。其訳は『かしんほくめんかきよ』＊1と殿の御上意也」と申に、いづれも「夫は不思議なる事かな。其『かしんほくめんかきよ』とは何の事ぞや。其訳早々聞すべし」との事なり。内蔵之進しさいらしく、「此事においては何れも他言致へからず」といふ。「御せひこん（誓言）承らんにおいては申聞がたし」と申ければ、女中方もとりしがり「す」＊2、「さて〳〵念を入らるゝ人かな。只今急に奥様の御用もあれば、早〳〵いふてきゝ「か」さるべし」といそぎけるを、引留てうごかさねは、何れも是非なく内蔵之進に引留られ、「しからば其訳聞ん。急度他言の気づかひなし」といゝければ、内蔵進「然ば

＊1 **「かしんほくめんかきよ」** 不明「家臣、北面、可許」などの言葉を組み合わせたか。実録では「女身・北面・我許不男」などとする。

＊2 **とりしがり** 「し」を朱で訂正、「とりすがり」ということか。

申聞せん。まづ『かしん』といふは我身といふ事、『ほくめん』とは北向（面）といふ事、『かきよ』とは我がゆるしといふ事也。然れば『我身、北面に居申候へばくるしからず』と言ことば也」と誠しやかにのべければ、「扨〳〵いゝかげん成事をいふてたわむれ、隙取し」と皆〳〵、早明方になり、しのゝめの烏啼渡りければ、「しすましたり」と内蔵之進御いとまを申上、其座を退出し、早々御殿へまかり出、惣太に様子を尋けるに、「昨夜はねむりし人もなく、皆々御介抱申上られ、何のさわりも御座なく、殿にも御快御食事も召上られ、御くるしみも御座なく候」と申ければ、「扨は惣太がいゝしに違ひなし。是全怪異の所為＊3なり」と、何にもせよ奥方のやうすあやしければ、猫も工夫をめくらしける。

＊3　**所為**　「所」のルビに「ところ」とあるが、「しょい」の誤りであろう。

巻之廿九（二十九）〔二〕

小崎重右衛門、夢物語の事　附弥々評儀（議）極る事

然るに、殿にも一夜の間まれに御くるしみをのがれ給ひ、御げんきすみやかに渡給ひしは、何れあやしき事也。それに直宿の人々も夜の明るまで滞なく御勤番せし段を、内蔵之進心にうなづき、急に伊藤惣太を招よせ、小声になりて、「何と其方の思案に、殿の御病気御快気あそばされ候よふなる工夫はなきや」と尋ければ、惣太申すやう「兎角私のぞんねんには、奥方の御心のうちを得とあらひ見申度候。たとへば世の中に、女のりんきしつと[1]にてのろふ事も是あるならひ、何にもせよ、一昨夜言葉をかわし給ふが誠の奥方ならば、しかと見申度物」といふに、内蔵之進聞て「いかさま、我も左様におもふまゝ、夜前奥方の御前へ出、御酒の御相手になり咄居たるに、丑みつの頃に至りけれは、急に『御用あり』とて立ちさわぎ給ふを、無理に引留奉り、後には何ともしれぬ事をいゝひかけしに

＊1　りんきしつと　悋気嫉妬。本物の奥方が嫉妬で殿様を呪う可能性を指摘する。

よつて、皆〱しきりに聞きたくなり隙どり、夜の明る迄なが〱といゝ聞したるを、元来あやしきもの、かりに人のたましいをやどす時は、物をうたがひ、何ともしれぬ事はしきりにきゝたがるものなり。こゝをもつて、某、気をうばひしは即座のきてん、浅きに似たれとも其理に当りしは、誠の奥様とも思われずあやしく思ふなり」と。

かゝる所へ急〱小崎重右衛門来たり[*2]（欄外朱字）「此重右衛門は江戸に帰り居候なり。何とて今爰には来るぞ不審なり。」、少々内蔵之進殿にお目にかゝり度義御座候よしを告るによつて、いそぎ内蔵之進も「何事ぞ」と招き尋しに、重右衛門申やう「せん達て某、江戸表より花の枝の御用にて持参しに、何となく一身おもく不思議にぞんじ候得ども、其節は蒙（滞）なく相勤しか、しかるに夜前夢中に、惣身真黒き猫来り、私のまへにつくばひ申やう、『私は江戸表に居り申候猫にて候が、其元の肩をかりて御国元迄参り、つひに本望をとげ申候。是によつて右の御礼に参りたり』と申候。あまり不審にぞんし、夫に此節殿様の御病気あやしき折からなれば、万〱一御手がゝりにも相成べくやと、御はなし申上候なり」といふに、内蔵之進横手を打、「先年、江戸表にて殿の御首へ喰

＊2　小崎重右衛門　江戸表から、桜の枝に付けた和歌を国表まで運んだ使者役。体が重かったことについては、巻二十五で語られていた。そのため、本文では欄外に「この重右衛門は江戸へ帰ったはずなのに、今ここに来たのはおかしい」という書き込みがある。

ひつかんとせしを、御運つよく御腰刀にてみけんを御切被遊しかば、いづくともなく逃失て、半右衛門か母にはけ居たりしねこかりねく、[*3]御屋敷中猫かり仰付させられしに、何方へ行けん、壱疋も見へさりしか、扨は其猫、此所へ来り仲間をかたらへ、奥方・女中迄取食へ、其身奥方に化して居るならん。此上は奥へ」。[*4]（コノ面ニ余白一字分モ無シ、以下、小見出シニ見合内容ノ丁ヲ欠ク。）

＊3　かりねく　同系統の『猫堂因縁』では「あまねく」となっている。

＊4　此上は奥へ　「以下、小見出しに見合う内容の丁を欠くか」という書き込みがある。小見出しの「評議極まる事」に見合う、家老や用人たちとの評議についての文章があったと考えられる。
ただし、同系統の本でも「是より直にふん込、一刀に切り殺さんと」という文しかなく、早くに失われたか。

大沢内蔵之進の才知（さいち）により奥方を足止めする

【巻之廿九（二十九）（二）　大沢内蔵之進、才智の事　附　皆々直宿相勤る事】訳

内蔵之進は、その夜しっかりと工夫をめぐらしていているうちに、夜がほのぼのと明けてきた。惣太を一間へ招いて、密かに「奥方が本当にいらっしゃったのか」と尋ねた。惣太は「おいでになったのに間違いありません。奥方様のお顔を拝見したことはございませんが、たしかに奥方の様子に見えました」と答えた。「それでは、その方はもう一晩宿直をなさい。私は奥方の御前でいろいろと計略を巡らして、どこへもお出かけになれないように画策しよう。その方も大変だが、もう一晩勤めてくれ」と内蔵之進に言われたので、惣太は「かしこまりました」と言って承知した。

その夜、内蔵之進は家来に申しつけて色々と珍しい酒肴を準備させて、奥方の前へ持参して「ここしばらく殿様も長々のご病気でございまして、奥方様にもきっとお気詰まりでございましょう。私、お慰みのために、御酒をお持ちいたしましたので、一献お召し上がりください」といって、女中達もすべて呼び集めて夜が更けるまで酒宴を催した。すでに午前二時近くになったので、奥方は「もはや夜も更けた。その方も帰りなさい」とおっしゃって、女中たちと一緒に席を立とうとなさったので、内蔵之進は「もう少しお留まりください。せっかく持参いたしました肴の内には、まだお目にかけていない品もございますので、まずはお待ちください」とお袖にすがって引き止めた。

女中たちは、内蔵之進に向かって「これはなんと、失礼なふるまいではないですか」と言ったので、内蔵之進は笑って「これは女中方のお言葉とも思えません。私ならば女中方に対して、どのような戯れをいたしまして、問題ございません。その訳というのは「かしんほくめんかきよ」という殿様のご命令があるのです」と答えた。すると、女たちは皆「それは不思議なことですね。その『かしんほくめんかきよ』とは何の事でございますか。早くお聞かせください」と聞きたがった。内蔵之進はもったいぶって「このことは、どなたも他言無用ですよ」と言って、「その旨、お約束いただかなくてはお話できません」と言った。女中達はじれったがって、「まあ、念を入れられる人ですね。いますぐにも奥様の御用もあるので、早く言って聞かせてください」と急いでいた。

しかし、内蔵之進が引き留めて動かさないので、女中たちは皆仕方なく「それでは、その理由をお聞きしましょう。必ず他言の気遣いはありません」と言ったので、内蔵之進は「それではお聞かせ申し上げましょう。まず『かしん』とは『私自身』ということ、『ほくめん』は『北面』、『かきよ』は『私の許可』ということです。つまり、『その方が北面にいたならば、気にしなくてもよい』という言葉です」とまことしやかに説明した。女中たちは、「まあ、いい加減なことを言ってふざけて、手間がかかったわ」という。

すでに明け方になって夜明けの烏が鳴いたので、「うまくやった」と内蔵之進はお暇を申し上げて、奥方の前を退出した。そして、すぐに御殿へやってきて惣太に様子を尋ねたところ、「昨夜は眠った人もなく、皆で殿のご介抱をいたすことが出来、何の障害もありませんでした。殿もご機嫌良くお食事を召し上がり、お苦しみもございませんでした」と申した。

内蔵之進は「それでは、惣太が言ったことに間違いはない。これはきっと妖怪の仕業であろう」と思い、何にもせよ奥方の様子が怪しいので、さらに工夫をめぐらせた。

小崎重右衛門の夢に猫現る

【巻之廿九（二十九）〔二〕 小崎重右衛門、夢物語の事、附弥々評議極る事】訳

殿も一晩、たまたまお苦しみを逃れなさってご機嫌がすっきりとなさったのは、何にしても怪しいことだ。それに宿直の人々も夜が明けるまで滞りなく勤めることができたことだと、内蔵之進は心のうちに納得し、惣太を急に呼び寄せて小声で言った。「おまえの考えはどうだ。殿のご病気がすっきりと快復なさるような工夫はないか」。

惣太は「私の考えでは、奥方様のお心の内をしっかりと調べてみたく存じます。たとえば世の中には、女が悋気や嫉妬で呪うことも例があります。何にせよ、一昨夜言葉を交わしたのが、本当の奥方様なのか、はっきりとさせたいものでございます」という。

内蔵之進は「なるほど、私もそう思うので、昨夜奥方の御前へ出て、御酒のお相手になって話をして

いたが、午前二時頃になったところ、急に『用がある』と言って騒ぎ立てなさるのを、無理に引き留め申し上げて、後には何ともわからない事を言いかけたので、皆しきりに聞きたくなって時間をかけた。夜が明けるまで長々と話をしかけたのは、元来怪しい者が仮に人間の魂を宿した時には、物を疑い訳のわからないことはしきりに聞きたがるものということだからだ。それを使って、私が注意を引きつけたのは即座の機転であり、底の浅い巧みであるけれどその道理に当たっているのは、本当の奥様とは思われない。怪しいと思う」と語った。

その所へ、突然小崎重右衛門がやってきた。少しばかり内蔵之進殿にお目にかかりたいことがあるということだったので、急いで内蔵之進が「何事か」と招いて質問したところ、重右衛門は次のように語った。

「先日私、江戸表から桜の枝をお届けする御用で持って参りましたが、なんとなく体が重くて不思議に思っておりました。その時は、滞りなく御用を勤めましたが、先日の夜、夢の中に全身が真っ黒な猫がやってきて、私の前に手をついて言うには『私は江戸表におりました猫でございます。あなたの肩をお借りして、お国元まで参りまして、ついに本望を遂げることができました。そのことで御礼に参りました』と申します。あまり不思議に思われますし、このごろ殿様のご病気が不可解である時節ですから、もしかしたら御手がかりにもなるかもしれないと、お話申し上げるのです。」

内蔵之進は手を打って「先年江戸表で、殿の御首へ食いつこうとしたモノを、御運強く腰刀で眉間を切り付けなさった。どこへともなく逃げ失せて、半右衛門の母に化けていた猫は、お屋敷中猫狩りをご命令になったが、どこへ行ったのだろうか一匹も見えなかった。さては、その猫がここへやってきて、仲間を語らって、奥方や女中たちを取って食い、自身は奥方へ化けているのだろう。この上は奥へ」。

巻之三拾〔一〕

内蔵進・惣太働の事 并奥方・女中正躰顕す事

扨も内蔵進・惣太は、重右衛門の物語りをきくとひとしく、両人、刀の目釘をしめし、[*1]立出んとせしが、「万一しそんじてはいかゞなり。まづく得とためし見ん」と、又く酒肴を拵へて、内蔵進奥へ持出しければ、女中達いづれも是を見て、「また内蔵進さまの長なし、今日はゆるくと承らん」と立さわぎけり。

奥方も機げんに入給ひ、興を催し、既に酒宴に及ひし折を見合せ、惣太、次の間より肥前忠吉[*2]のきたへたる弐尺八寸[*3]の刀そりうつて、[*4]支度をとゝのひ立たるありさま、身の丈六尺有余、骨ふとく力諸人にすくれ、さもいさましきありさまにて、すつと出ければ、奥方はじめ女中方いづれも惣太を見て「是わ」と驚き給ふを、惣太声をかけ、「先夜はよくこそ御苦労に御見舞あそばされ候」といゝしな、刀をぬきはなし、たゞ一打と思ひかゝ

＊1　**刀の目釘をしめし**　目釘とは刀の刀身が柄から抜けないように留める釘。竹や金属などで作られる。湿すのは木製の釘に水分を与えて抜けるのを押さえる力を強めるため。これから斬り合いになるための準備。

＊2　**肥前忠吉（ひぜんただよし）**　鍋島家の庇護の元、代々刀を製作した御用刀工の一門。切れ味の鋭さから初代を始め「大業物」に選ばれている。後に「肥前刀」と呼ばれ、幕末まで続いた。

＊3　**弐尺八寸**　およそ八四センチ。刀の柄頭から鐺までの長さで、刀の異名としても使われている。

りければ、「こはろうぜき。[*5]何とする」と仰せられなから側なる多葉粉盆[*6]にてはつしと受とめ給ひ、あしらう御身の取廻し、じゆふじざいに成りければ、さすがの惣太も討かねし躰を見て、内蔵進立上、「奥方を何とする」といゝさま油断を見すまし刀をぬき、はつしと切付ければ、肩先より乳の下かけて切さげられ、あつと計り倒れふし給ふ。惣太乗りかかりてとゝめをさす間に、内蔵進ぬきみをふりまはし、女中のこらず切りまくりければ、惣太も同じく切立しに、なんなくのこらず切殺しけるに、即座にいづれもすさましき猫とあらわれ、惣身より毛を生し手足には爪をあらわしけるとなり。しかれ共、奥方は何の替りし事もなく、常の女の死骸なるに、内蔵之進・惣太もあきれはてゝ、いかゞあらんとあんじける。

此騒動を聞つけ、諸役人我も〱と欠付、此躰を見て大ひにおどろき、「御両人、御手柄〱」とほむる内に、内蔵之進・惣太は奥方の死骸常に替らぬ心（に）をいためけるに、家老・用人立合、「此事甚た以てむつかしく、奥方に相違なければ一大事なり」と内蔵之進・惣太も切腹の存念を極めけるに、惣太申やう「何（に）もせよ、誠の奥さまならば、それがしを見て驚給

＊4 **反りうつて** 反りをうつとは、反り（刃）を下にむけて、鞘尻を高くして、刀をすぐに抜けるように身構えること。

＊5 **ろうぜき** 狼藉。無法なふるまいをする。乱暴を働く。

＊6 **多葉粉（煙草）盆** 喫煙に必要な道具をまとめて載せた箱。武家から庶民まで江戸時代の家庭の必需品であった。

＊7 **人王六拾六代** 人皇六十六代。人となってからの天皇、神武天皇以来六十六代目、平安中期の

ふ筈なし。何れあやしきくせ者に極り候」といへども、「御死骸常のごとくなる上は、別義有べきやうなし」と評議極り、無念なとも内蔵進・惣太切腹と見へし所に、此の事聞とひとしく明王院欠来り、まづ〳〵両人を押とゞめ、「人〳〵はやまり給ふな。すべて年ふるくせ者は、死しても三日三ばん其正躰を顕し見せずといふ事あり。然れは、日月の光りを受れば直に正躰を顕し申とかや、此死骸、日向へ出してよく〳〵見らるへし」と有るによつて、則死骸を日向へかきいだし見れば、ふしきや日の光さすとひとしく、惣身より真黒成毛を生し、手足よりつるきのごとき爪顕れ、尾を二ツにさげ、さもおそろしき古猫と顕しかは、「扨こそ」と人〳〵手を打て明王院の才智をかんじ、みな〳〵おそれけるとかや。

抑猫と申獣の渡しは、人王六拾六代＊7　一条院＊8の御宇長久四年、唐土駒＊9と中国より献し、其節　一条院御年七才にいらせられ、殊の外此猫を御秘そふに被遊、猫に御膳番迄つきしとかや。其後、永承三年崩御被遊候と猫の行衛知れす。此ねこ惣身真黒なれは、もつはら「永承の猫ならん」と言也。

一条天皇のことをいう。

＊8　一条院（天皇）　天元三（九八〇）年～寛弘八（一〇一一）年。この一条天皇の記事の年代はおかしい。同系列の他本にはない記事である。長久四（一〇四三）年は一条天皇の第三皇子後朱雀天皇の御代にあたり、永承三（一〇四八）年は後朱雀天皇の皇子後冷泉天皇の御代にあたる。ただし、一条天皇が猫を寵愛しお守り役までつけていたことは、『枕草子』に書かれている。中国渡来の唐猫については、宇多天皇の『寛平御記』に記述があり、黒い猫であったことが知られている。この一節は、小森家の猫が平安時代から生き続けた怪猫であるということを述べるためのものと考えられる。

＊9　唐土駒（もろこしこま）　中国高麗ということで、中国から朝鮮半島を通ってということであろう。

巻之三拾〔二〕

内蔵之進・惣太、立身の事
附 院主拝領 并 猫堂建立の事

斯て内蔵進・惣太が忠義も相立けり。扨、殿様には日追つて御病気御全快、御本服(復)ありしとなり。

其後奥方の御下屋を御吟味ありしに、奥方并女中の死骸うづみ有しによつて、これをこと〲く引出して、念ころにとむらひをなし給ふ。

されは殿には御病気御本服(復)のよし、一家中こぞつて祝奉るとかや。是によつて内蔵進・惣太両人召出され、御称し*1の御意を蒙り、その上内蔵進には百石の御加僧(増)下おかれ、惣太には新地五百石給わりて公用人*2御勘定役仰付られけるによつて、両人「ありかたき仕合。此上はあるべからず」う(と)れし泪を流しける。

爰に明王院も、心魂をつくし祈禱せしゆひ「え」に、不動尊の利益にてかゝる忠臣のあらわれしも、全明王院の行力剛勢によつて凡人の知れさる妖

*1 **御称し** ご勝事。たいへんすばらしいこと

*2 **公用人** 藩主の仕事の補佐を江戸で行なう役職。

怪も正（躰）を顕し、殿の御全快をも明王院の力なり。これによつて明王院へも、祈禱料として金弐百両、其外いろ〳〵の珍物を下し置しとなり。
扨其後、殿様江戸表へ御きふ（帰府）の節、御屋鋪の内に「猫堂」とて常念仏の御堂を建させられ、念仏怠なく、奥方・女中の追善をなし給ふ。今にいたる迄、此事たいてん（退転）なしとかや。是全「猫堂」の因縁なり。いまもつて御国入の節は、あやしき事是あるよし。よつて「表門より御出」[*3]とふれては、君には裏門よりひそかに御出ありとぞ。されども殿の御運つよく、これ則不動明王の霊げん、明王院の行力、内蔵之進・惣太か忠義、天と「ふ」かん応まし〳〵けるとかや。目出度君の御いさほし、万々歳とかき残しけり。

*3 **「表門より御出」** 鍋島屋敷の不思議として語られていることの一つで、殿の外出時には「表門から出られる」のが普通であり、そのようにお触れが出て家臣達が準備しているのだが、実際には裏門からそっと出られるという。怪しいモノを欺くための方法であると言われている。なぜ、鍋島家ではこのような不思議な行動をするのかという理由を説明するのが、実録の特色である。
『藤岡屋日記』では、鍋島屋敷の護摩堂が、怨霊を鎮めるための社だと風説されていると伝えている。

内蔵之進・惣太の化猫（ばけねこ）退治

【巻之三拾（三十）〔一〕　内蔵進・惣太働の事　并奥方・女中正躰顕す事】訳

内蔵之進と惣太は、重右衛門の話を聞くとすぐに、二人共に刀の目釘（めくぎ）を湿らせて、奥方の元へと行こうとしたが、「万一、し損じては大変だ。まずはしっかり試してみよう」と、内蔵之進は、また酒肴を用意して奥へ持っていった。女中たちは、これを見て「また内蔵之進様の長話ですわ。今日はゆっくりとうかがいましょう」と、騒いだ。

奥方も御機嫌で宴に参加なさって、面白がりなさり、酒宴もたけなわになった折を見計らって、惣太は次の間から肥前忠吉（ひぜんただよし）の鍛えた刀をすぐ抜けるように身構え、支度を整えて姿を現した。一メートル八十センチもの長身、骨太で力強く、たいへん勇ましい姿ですっと出てきたので、奥方始め女中たちは「これは」と驚きなさった。惣太は、「先夜はよくぞご苦労に殿をお見舞いあそばされたことです」と声をかけながら、刀を抜き放ってただ一打ちと思って飛びかかった。

奥方は、「無礼者、何をするのじゃ」とおっしゃりながら、側にあった煙草盆（たばこぼん）で、惣太の刀をはっと受け止めて、身軽く自在にあしらいなさる。さすがの惣太も討ちかねている様子を見て、内蔵之進は立ちあがり「奥方様に何をするのだ」と言いながら、油断を見すまして刀を抜いてさっと切り付けた。奥方は肩先から乳の下へかけて切り下げられ、「あっ」と言って倒れなさった。そこへ惣太が乗りかかってとどめを刺す間に、内蔵之進は抜き身の刀を振り回して、女中を残らず切りまわった。惣太も同じく切り立てたので、なんなく残らず全員を斬り殺した。死体はすぐに恐ろしげな猫となり、全身から毛が生え、手足には爪が現れたという。しかし、奥方は何の変わったこともなく、普通の女の死骸であったので、内蔵之進も惣太も呆然としてどうだろうかと案じていた。

この騒動を聞きつけて、諸役人たちは我も我もと駆けつけ、この有様を見て大変驚いて「お二人とも、お手柄、お手柄」と誉めたが、内蔵之進と惣太は奥方の死骸が普通の人と変わらないことに心を痛めていた。

家老と用人が立ち会い、「これはたいへん難しいことになった。もし奥方様に間違いがなければ一大事だ」と言い、内蔵之進も惣太も切腹の覚悟を極めた。しかし、惣太は「何にせよ、本物の奥方様ならば私を見て驚きなさるはずがない。怪しい者に決まっております」と言うけれども、「御遺体の様子が普通の人であるからには、他の者であるはずかない」と評議の結論が出て、無念ではあるが、内蔵之進と惣太は切腹することになった。

そのところへ、この事を聞いた明王院が駆け付け、ひとまず二人を押しとどめ、「皆様、早まってはいけません。だいたい年を経た妖怪というモノは、死んでも三日三晩はその正体を現さないという事がありますそうですが、太陽の光を受ければすぐにその正体を現すとも言います。奥方の死骸を日向(ひなた)へ出してよく御覧ください。」と言うので、死骸を日向へ運び出した。

不思議なことに、日の光が差すと同時に全身から真っ黒な毛が生えて、手足から剣のような爪が現れて尾が二つに裂けた、大変恐ろしい古猫の姿となったので、「やはり」と手を打って明王院の才知に感心し、畏怖（いふ）したのであった。

そもそも、猫という獣が日本へ渡ってきたのは、人の世になって六六代一条天皇の御代の長久四年に中国の高麗という所から献上されたものである。その時、一条天皇は七歳でいらっしゃったが、この猫をたいそうかわいがりなさって食事係までお付けになったということだ。その後、永承（えいしょう）三年に帝がお亡くなりになると、猫の行方はわからなくなった。その猫が全身真っ黒だったので、この怪異の猫も「永承の頃から生きていた猫であろう」と言うことだ。

猫堂（びょうどう）建立と三人へのほうび

【巻之三拾（三十）〔二〕　内蔵之進・惣太、立身の事　附 院主拝領 并 猫堂建立の事】訳

こうして内蔵之進と惣太の忠義も立つことになった。さて、殿様には日を追って御病気が快方に向かわれ、やがてご本復なさったということだ。

その後、殿の命令で奥方様のお部屋を調べると、奥方や女中たちの死骸を埋めてあったので、これをすべて引き出して、ねんごろに弔いをなさった。

殿の御病気全快のことを、一家中そろってお祝い申し上げることになった。このたびの功績で、内蔵

之進・惣太の二人が呼び出され、お褒めの言葉をいただいた。その上、内蔵之進には百石の加増をくだされ、惣太には新たに五百石をくださり、公用人御勘定役を仰せつけられたので、二人は「この上ないありがたき仕合わせでございます」とうれし涙を流した。

また、明王院も心魂を尽くして祈祷したことで、不動尊のご利益で惣太のような忠臣が現れたのだ。明王院の法力と強さによって、普通の人間では知ることができない妖怪も正体を現し、殿が全快なさったのも明王院の力である。これによって、明王院へも、祈祷料として金二百両を下しおかれたということである。

さて、その後、殿様は江戸表へお帰りになった時に、お屋敷の内に「猫堂」を建てさせなって、常に念仏の怠りなく、奥方や女中たちの追善をなさった。今になるまで、変わらず続けられている。

この話は「猫堂」の因縁の物語である。今になっても、殿様がお国元へ出発なさる時には、不思議な事があるということだ。そのため、「表門からご出発」と告げて、殿様は裏門からそっとお出かけになるという。

そういうことではあるが、殿様のご運が強いこと、これはすなわち不動明王の霊験、明王院の法力、内蔵之進・惣太の忠義、これに天が感応なさったということだ。めでたい殿様のご功績を、万々歳と書き残すものである。

© 坂崎清歌

第二章　御家騒動の怪猫

早川由美

1　怪猫による御家騒動

「怪猫」とは、怪しい猫、妖怪となった猫のことをいう。「化け猫」とほぼ同じ意味であるが、江戸時代に入ってよく使われるようになった言葉である。年を取った猫は尾が二つに割れて、妖怪「猫又」となることは鎌倉時代くらいから知られるようになった。猫又は化ける必要はないが、人を食らうということで同じ化ける獣の中でもタヌキやキツネに比べて残忍な肉食獣の印象を与える。

猫又は年取った猫であるが、年齢に関係なく化けて妖怪化した猫が「化け猫」であり「怪猫」である。怪談が語られ、妖怪が黄表紙など絵本で活躍していた江戸時代には、化け猫が大暴れする話が実際にあったこととして語られていた。こうした話を元にして、幕末から明治にかけて人気を博した講談師桃川如燕に、『百猫伝』という化け猫話がある。如燕の有名さは夏目漱石の『吾輩は猫である』の吾輩が自らを「普通一般の猫ではない。まず桃川如燕以後の猫か、グレーの金魚を偸んだ猫くらいの資格は充

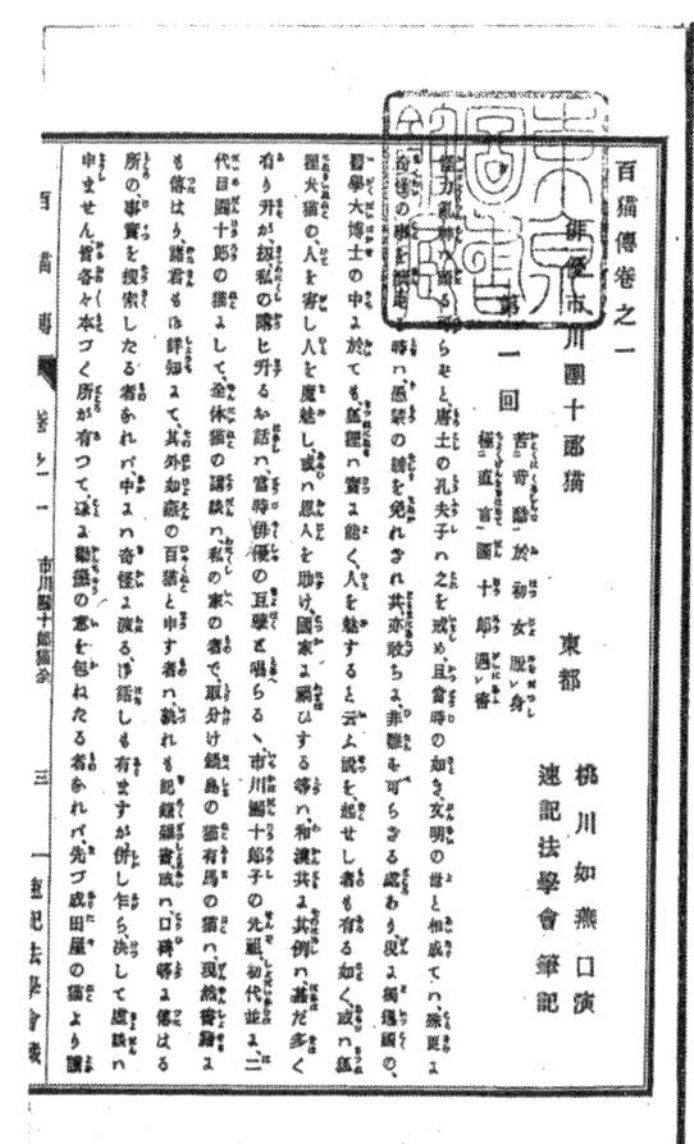

百猫傳巻之一

俳優市川團十郎猫　東都　桃川如燕口演
速記法學會筆記

第一回　吉寄驚於初女脱身
極直言團十郎遇害

らせと、唐土の孔夫子は之を戒め、且當時の如き文明の世と相成ては、旅匪に
時は、感築の誹を免れざれ共、亦敗ちに非難を可らざる處あり、現に獨逸國の、
哲學大博士の中に於ても、狐狸は實に能く人を魅すると云ふ説を起せし者も有る如く、或は狐
狸犬猫の、人を害し人を魔魅し、或は恩人を助け、國家に禍ひする等は、和漢共に其例は甚だ多く
有り升が、扨、私の讀ひ升るお話は、當時俳優の互擘と唱らる、市川團十郎子の先祖、初代並に二
代目團十郎の猫にして、全体猫の譚談は、私の家の者で、取分け鍋島の猫、有馬の猫は、現然當時に
も傳はり、諸君も能く詳知にて、其外如燕の百猫と申す者は、孰れも記録猫實談は、口碑等に傳はる
所の事實を捜索したる者なれば、中には奇怪に渉る咄しも有ますが、併し乍ら決して虚談は
申ません、皆各々本づく所が有つて、殊に猫の恵を包ねたる者なれば、先づ成田屋の猫より讀

百猫傳　巻之一　一　市川團十郎猫　三　速記法學會藏

図 2-1　桃川如燕 述『百猫伝 巻 1 俳優市川団十郎猫』
傍聴速記法学会、1885（明治 18）より〔所蔵＝国立国会図書館〕

分あると思う」と言うくらいである。その如燕が得意としたのが「市川團十郎の猫」、そして「鍋島の猫」である。「市川團十郎の猫」とは、小幡小平治の幽霊が飼い猫の三毛と合体する話であり、「鍋島の猫」は、怪猫が鍋島家に祟る話である。他にも「土屋の猫」「鳥居の猫」など武家屋敷に潜んで祟る猫の話がある。これらの怪猫は、猫が老母を食い殺して化けているという共通点を持っている。佐賀の鍋島家の怪異を語る「鍋島の猫」は、芝居に取り上げられたことで怪猫ものの中で最も名高くなったといえるだろう。

写本で伝えられた「鍋島の猫」のあらすじは、怪猫が佐賀鍋島家の殿様を苦しめるが、家臣達が力を合わせて退治するというもので、なぜ猫が鍋島家に祟ることになったのかについては、話によって異なっている。江戸時代は、武家の家で起こった事件を出版することも芝居にすることも禁じられていたので、「鍋島の猫」も書き写されることで読まれていた。江戸中村座ではその「鍋島の猫」を素材に芝居を上演しようとしたが、鍋島藩からの申し入れによって中止を余儀なくされた。そのことによって、「鍋島の猫」は広く知られることになったのである。

2 幕末の「鍋島の猫」上演をめぐって

「鍋島の猫」の芝居化は、嘉永六（一八五三）年九月に辻番付で上演が予告された瀬川如皐作『花野嵯峨猫魔稿』が始まりである。

『歌舞伎年表』によると「当狂言看板出し候処、面白き番組にて、佐賀家にて座頭を壁へ塗込しと、往古より其奇談申伝へあり。夫に猫又の話し、白木屋の世話狂言を仕組み、座頭の亡霊黒姿にて顕れ、雪ふりに白装束の忍びのもの三十郎、おもしろき仕組にて」とあり、座頭殺しと猫又の話を仕組んだもののだということがわかる。芝居に出演予定であった中村鶴蔵（後の三代目仲蔵）は、自伝である『手前味噌』で次のように回想している。

（嘉永六年）盆替り、また〳〵如皐新作にて鍋島の猫。名題「嵯峨奥妖猫奇談」。絵看板まで揚げしところ、市中では珍しがり、あけぬ内から評判なりしが、惣浚ひの日、町奉行所よりお呼び出しに相なり、右狂言は去る諸侯より懸合云々ありたれば、興行中いかなる間違ひあるかも計られず、さだめて迷惑であらうから先づ見合はせ、外狂言に仕かへよと仰せ渡され、一同帰る。右のよしに一同驚き入り、茶屋出方は番付まで配りしに急にお差しめに相なり、当惑の外なし

事前の評判の高かったこの狂言はすでに浮世絵や合巻ができあがっていたが、「去る諸侯」（＝ある大名家）すなわち鍋島家が、町奉行を通じて圧力をかけてきたために、それも共に見合わせとなった。これについて『藤岡屋日記』では、合巻・錦絵についてその影響を書き留めている。

右狂言（花野嵯峨猫魔稿）大評判に付、錦絵九番出候也。

一　座頭塗込（ざとうぬりこみ）　三枚続　二番　蔦吉／角久
一　同大蔵幽霊　同　三番　照降町　ゑびすや
　　　　　　　　　　　　　神明町　いせ忠
　　　　　　　　　　　　　南鍋町　浜田や
一　碁打　三枚続　壱番　石打　井筒屋
一　猫又　同　壱番　銀座　清水屋
一　大猫　二枚続　壱番　両国　大平
一　猫画　同　壱番　神明町　泉市

〆九番也。

右は、同日名前書直し売候様申渡有之候得共、腰折致し、一向に売れ不申候よし〃

『花野嵯峨』の浮世絵は現存しており、早稲田大学演劇博物館のデジタル・アーカイブ・コレクション（enpaku. waseda.ac.jp、『花野嵯峨猫☆稿』を参照）で閲覧が可能である。浮世絵には、愛妾胡蝶の前や盗賊隼太郎なども描かれているが、話題であったのが碁打ちをめぐる座頭殺しと幽霊、猫又のところであることがわかる。

『嵯峨の奥猫又草紙』作者花笠文京、二代目国貞画、板元南鍋町二丁目浜田屋徳兵衛
右種本は、五扁迄書有之候由、初扁びらは九月十日頃に処々へ張出し置、芝居初日に配り候積りにて相待居り候処に、是も同時に御差止に相成候、大金もふけ致し候積り之処、差止られ、金子三十両計損致し候由、右に付、落首、
浜徳もしけをくらつて損になり
然る処に、右合巻、名題書替に致し、『嵯嶺奥猫魔太話』と直し候て、初扁、十月十日配りに相成候

評判の鍋島の猫の芝居の種本でもうけようとした絵双紙屋が差し止めにあって大損したという。この芝居に圧力をかけて中止させた「諸侯」が誰であるかは、周知のことであったようで同日記では、

> 去年、小団次、佐倉宗吾にて大当り之節に、堀田家にては、家老始め申候は、今度の狂言は当家軽き者迄いましめの狂言也、軽き者は学問にては遠廻し也、芝居は勧善懲悪の早学問也、天下の御百性を麁略に致時は、主人之御名迄出候也、向後のみせしめ也、皆々見物致し候様申渡され候よし。鍋島家にて、狂言差止候とは、雲泥の相違なり（傍点は引用者）

として、同じ小団次が佐倉宗吾の怨霊を演じた芝居について堀田家が皆で見物せよといった対応と比べて、鍋島家の反応を批判している。

佐倉宗吾の芝居『東山桜　荘子』は、室町時代の物語「東山の世界」として設定されて宗吾の幽霊が見せ場であった。『花野嵯峨』も同様に「東山の世界」で作られており、お家騒動に猫がからんでくる浄瑠璃の先行作品『忠臣青砥刀』や『今川本領　猫魔館』という作品の流れを汲んでいる。

3　実録・講談・芝居の鍋島の猫

芝居を中止させた一件で、鍋島家の事件として強く印象づけられてしまった感がある鍋島猫騒動とは、どのようなものであったのか、まずは芝居の『花野嵯峨猫魔稿』の内容を確認しておこう。上演されなかった台本の内容は、残された辻番付や浮世絵、合巻『嵯嶺奥猫魔太話』からうかがい知ることができ、さらに明治に入ってから上演された板東太郎の台本『嵯峨奥猫魔稗史』と合わせて読み解いていく。

芝居『花野嵯峨猫魔稿』あらすじ

直島大殿直繁は、家督を弟松浦介に譲る予定であったが、その松浦介の放蕩に頭を悩ませていた。先の殿の側室であった後室嵯峨の方は、実子である左近介に跡をつがせたいと願っている。

直繁は、囲碁の勝負でどちらに跡を継がせるかを決めることにし、その相手を高山検校に依頼する。左近介に荷担する悪臣たちは、検校に負けるように脅しをかける。検校の老母は、自分たち竜宝珠家があるのは、直島家の恩恵であるとして脅しに屈しないように言う。

勝負に安心できない悪臣たちは、検校の石を二石隠す不正を行ない殿に勝たせる。検校に不正を指摘された直繁は激高して検校を斬る。悪臣たちによって死体は壁に埋められる。

悪臣たちと嵯峨の方は封印されていた怪猫の祠の前で、検校の飼い猫を殺じて直島家への呪詛を行ない、大殿と松浦介を亡き者にしようと計る。怪猫は嵯峨の方に憑依して、腰元や赤子を食い殺すなど怪猫の正体を見せる。大詰めは、忠臣伊東惣太・小森半之丞らの働きで、悪人たちの正体が露顕し猫又も宙に飛び去る。

この芝居では、高山検校は正論を語ったのだが、直繁の短慮が事件を引き起こす。検校の母の恨みで化け猫が生まれるのではなく、怪猫を発動させたのは直島家の悪臣たちなのである。

さらに、怪猫は油をなめたり人を転がして弄んだりする猫の所作を見せる他、十二単を着て破風を破って飛び去るという三代目尾上菊五郎の「古寺（岡崎）の猫」を取り入れたもので、着ぐるみは三毛猫のまだら模様であり、歌舞伎の典型的な「猫の怪」の姿をしている。

「小森の猫」の系統と「龍造寺の猫」の系統

では、この話の元になっている実録や講談の鍋島猫騒動はどのように描かれているのだろうか。『近世実録全書』の解説によれば、鍋島の猫騒動は「小森の飼い猫」の怪異を語る実録『佐賀怪猫伝』系と「龍造寺の飼い猫」の怪異を語る講談『佐賀夜桜』系の二つに分かれるとする。しかし、『佐賀怪猫』と題しながら内容が『佐賀夜桜』の内容を含むものもあるので、以下怪猫の正体を「小森の猫」とするものをA系統、「龍造寺の猫」とするものをB系統として説明する。

A系統の物語は、江戸屋敷の小森家の飼い猫が老母を食い殺して化けていたが、夜桜の宴の時に大殿を襲って傷を負う。正体が明らかになった猫又は、国元へ移動し奥方を食い殺して変化し、殿を苦しめるという筋である。

A系統の本文を持つものとしては、

①『肥前佐賀二尾実記』（『佐賀県近世史料』第九編第一巻・平成十六年三月・佐賀県立図書館）

②『佐賀怪猫伝』（『今古実録』出版人広岡幸助・明治十六年・栄泉社）

③『佐賀怪猫奇談』（『実録文庫』香夢亭主人編・明治十七年・春陽堂）

④『佐賀怪猫伝』（『近世実録全書第二巻』大正六年・早稲田大学出版部）など。

B系統の物語は、鍋島の殿に我が子を殺された龍造寺の老母が自害し、その飼い猫が主の恨みを晴らすために、鍋島家に災いをなすというものであり、忠義の猫の形をとる。

B系統の本文を持つものは、

⑤『怪猫佐賀の夜桜』（絵本・明治二十年・沢久次郎）など明治の絵本多数。

⑥『講談佐賀夜桜』（小林東次郎編・大正五年・博文館）

⑦『佐賀の怪猫』（桃川若燕『定本講談名作全集6』昭和四六年・講談社）など

A・Bの系統のそれぞれに活字になっていない写本がある。

この「鍋島の猫」のA・Bの双方の系統に共通する要素は、

X　小森の老母を食い殺して化けていた猫又は、夜桜の宴の時に佐賀の大殿を襲ったが、退けられ傷を負う。

Y　猫又は奥方（後室）に変化して大殿を苦しめるが、伊藤惣太らの働きで退治される。

という二点である。

その他に、実録や講談で附加される要素は、

a　鍋島家の武功話

b　座頭殺しに関わる挿話群

c　龍造寺の卑怯非道に関わる挿話群

d　小森についての挿話群

e　猫又退治をした伊藤惣太についての挿話群

f　伊藤惣太の両親の東家と伊村家についての挿話群
g　大沢内蔵進（おおさわくらのしん）についての挿話群
h　猫又退治に協力した高木三平についての挿話群
i　XY以外の猫又の怪異（幻術を使う、死体を奪う、死人を動かす、女に化けて男を誑（たぶら）かすなど）の挿話群
j　怪猫退治に関する挿話群（屋敷以外での山狩など）
があり、それぞれの要素の組み合わせで、作品ができあがっている。

4　二系統の内容の違い

二系統それぞれの話の内容を見てみると、一番短い①の『二尾実記』と③実録文庫は、（XY＋eg）で構成されている。A系統の②の今古実録では、（XY＋eg）＋abdiとなって、小森についての話や猫又退治部分が広がって長編化している。④の実録全書本はaの鍋島家の武功話が削除されているだけでほぼ同内容である。

B系統の本文では、（XY＋e）＋abcdfh.i.jとなって、①の何倍もの長さになっている。A系統にあってB系統にない要素は、gの大沢内蔵進という鍋島の主君お気に入りの家臣の活躍する話である。主たる登場人物はhの高木三平が活躍する話に代わっており、下級武士の活躍に力点をおいた語りとなっている。

逆にB系統にあってA系統にないものは、龍造寺に関わる（ac）の部分である。それに合わせてb

の座頭殺しも殺される人物が異なる。B系統では龍造寺又七郎が佐賀の太守に斬り殺されるが、A系統の②や④では龍造寺とは無関係の榎本金斎という人物で、小森の猫に石を打ち付けた恨みで盲人となり殺されるという話である。

B系統のb部分について、A系統の②④には国元での怪異を述べた後に、

> 附けて曰、一説には座頭何某大殿へ無礼ありしとて御手討になし給ひ、其座頭を土蔵の壁に塗込れしなぞと云説あり。又座頭の母が我が飼置し猫に讐を執るべしと云付たるに依りて、猫は座頭と合体して奥方を喰殺し、其身は奥方と変じたる事ありと雖も、之跡形もなき妄談虚説と云べし。鍋島侯は往古より名家にして分けて武勇の家柄なれば、勿々然様の儀有べくとも思れず。斯る説の世間に流布するは甚だしき誤りならん。昔子路の母は人の告ぐる事三度に及びて、始て我が子が人を害したるやと信じたる例も有れば、仮令妄説たりとも多言にて聞く時は実説とも思ふべければ、夫是を能味ひて其実否を知り給ふべし。（実録全書本による）

として、B系統のbにあたる「壁座頭」の話を妄説と注記しているのだが、それだけこの座頭殺しが広まっていたということでもあろう。ただし、B系統の講談では、aの鍋島家の武功話と対照的な龍造寺家の非道なあり方がcで語られることで、因果応報という理を示す。鍋島の殿が龍造寺又七郎を殺害したのも、龍造寺の因果の報いという話の進め方をするのである。二人が使っていた碁盤は、虐待した

継子に殺害された龍造寺の先代と自害したその継子の首を乗せたものであった。殿の目には、又七郎が妖怪に見えたので切ってしまったという説明をする。

そして、この座頭殺しと関わってくるのが、猫はどうして鍋島家に祟る怪猫となったのかという理由の説明である。

A系統①③では、猫が小森の家の老母を食い殺したり、主君の太守を襲った理由がまったく説明されていない。②や④の実録では、小森は猫を大変かわいがっていたが、子供が出来ると猫を構わないようになり、息子には猫を捨てるように遺言する。食事を十分にもらえなくなった猫は、自ら他家の庭から鳥や魚を獲って食べるようになった。殿の愛妾の鳥を獲ったために追われ、自分を打ち殺そうとした金斎や小森、そう命令した愛妾や殿を恨んで鍋島の家にも祟るという、猫自身の恨みによるものである。

B系統では、龍造寺の老母が自害する時に飼い猫に恨みを晴らすように遺言する。猫は人語を解したように鳴いて老母の血をなめたり、老母自ら臓腑(ぞうふ)を喰わせたりして、敵討ちを誓わせる。猫は恩有る主人の敵を取ろうして、怪猫へと変化する。

怪猫となる猫については、A①③とB系統の講談では怪猫は烏猫と呼ばれる真っ黒な猫である。①では小森の飼い猫は「総身真っ黒にて目の内赤く、尾の先二つに割れ、恐ろしき有様なり」と描写されている。B系統の講談の中では、盗み食いをして殺される所を又七郎に助けられた猫という設定であり、⑥「真っ黒な差毛の一本もないという烏猫……猫としては余程の老年、気味の悪いやうな馬鹿に大きな躯幹(なり)」⑦「全身まっ黒な烏猫で土佐犬ほどもある老猫」⑤は絵でみると黒っぽい猫のようである。一方、

図 1-1　『鍋島猫騒動』（豊栄堂）より〔所蔵＝国立国会図書館〕

Aの②・④では小森の猫は異国胤の牡猫と「三毛の毛艶増して尾先長く伸ければ、平凡の猫と違ひ容貌凄く勢ひも荒き」牝猫との間に生まれた猫であり、退治されて正体を現した時には「黒白黄の三毛」と書かれている。B系統の明治期の絵本などの挿絵の中には龍造寺家の飼い猫がぶち模様で書かれているものもあるが、絵では毛色がはっきりしない。本来は黒猫であったものが、芝居の猫や浮世絵の猫などまだら模様の三毛が多いことが影響しているのではないだろうか。

　話の結び方にも違いが見られる。読み物の中では化け猫退治が重要な場面である。腰元たちは退治されるとすぐに猫の姿へ戻ったのだが、奥方は人の姿のままであるので伊藤惣太達は切腹を覚悟する。

しかし、太陽の光に当たると恐ろしい猫の姿を現し、めでたしとなる。この後、物語は惣太たちへの恩賞やその後の繁栄ぶりを語るが、退治された猫の始末が本によって異なっている。正体を現した猫の死骸を焼き捨てるとしているのがAの②・④である。明治の絵本の中にはB系統の『鍋島猫騒動』（豊栄堂、明治二十七年）などのように退治後、伊藤たちの繁栄を述べるだけで終わっており、怪猫をどうしたのかについて触れられていないものもある。しかし、『佐賀怪猫伝』（明治二十年・前田版）などでは本文にはなくとも「猫大明神」ののぼりを描いた絵で終わるように、A系統の①を始め、B系統でも堂や塚を作って猫を祀った話が述べられている。B系統では、いくら人に害をなしたとはいえ、忠義の心を持ってしたことであるからということで祀ることになる。

一番古い形を持つと考えられるA系統①とその写本は、鍋島家の不思議な習わしと祀られている猫堂の由来を語るという形態を取っており、B系統と合わせて猫堂・猫塚の由緒を語る話といえるだろう。

5　芝居と読み物との違い

中止になった芝居は、巷説や写本という形で伝わっていた鍋島の猫伝説とどのように違うのだろうか。構成から見ると、芝居はXにあたる小森の猫の部分と夜桜の宴の場面という基本部分がない。小森は、高山検校（座頭殺し）の場面で殿を止めようとしたことと、悪臣から怪猫の正体を現す御家の重宝を取り返すという忠臣としての活躍だけである。つまり、歌舞伎『花野嵯峨猫魔稿』は、B系統の一部「（Y＋e）＋b・j」の話でできているのである。

bにあたる座頭殺しの場面では、B系統が持っていた龍造寺の非道や因縁の話はない。高山検校は、忠義の臣として悪臣たちの不正を告発する。殿は、忠臣小森のいさめも聞かず、検校を斬殺する。短慮の主君という設定である。

猫騒動への発展は、悪人たちによる呪詛の結果である。封じられていた土地の怪猫が発動し、我が子に家督を継がせたいという後室嵯峨の方のよこしまな願いも加わって、御家騒動へと発展する。

こうして、嵯峨の方に取り憑いた猫の怪は、「竜宝珠」の宝玉の力により正体を見顕される。初演時の辻番付でも斑模様で描かれ、板東太郎の台本で猫又が正体を現すところでは「半身引抜き、鬘仕掛けにて猫の耳を生じ、……猫の半面になり、此うち両手、三毛の縫ぐるみになる」とあり、まだら模様の三毛猫であったと考えられる。

最後の場面で、正体を見顕された怪猫は破風を破って宙乗りで消え去る。芝居ならではの終わり方である。実録や講談の猫は江戸から国元佐賀へ移動する時に、役人の肩に乗っていったり、長持ちに隠れたりしており、空中飛行などは出来ない。

つまり、上演予定の歌舞伎の「鍋島の猫」では、実録や講談に書かれていた鍋島家の武功話や家臣たちの知略や武芸の見せ場がない。短慮な殿は悪臣たちの思うままに非道な殺戮を行なう。殺害された高山検校の霊は、蛇となって悪臣弾正を止める。伊藤惣太夫婦が子歳生まれの子を犠牲として後室の猫の本性を表すきっかけを作るが、最後には怪猫に逃げられる。これでは、鍋島家にとっての妄説というbの部分が主筋となっており、その描かれ方に不満を持ったとしても仕方がないであろう。

6 怪談として一番恐ろしいもの

以上、実録・講談、芝居などで語られた鍋島の猫騒動の中でもっとも恐ろしい話はどれだろう。

現代でも何か事件が起こると、犯人の動機の解明が急がれる。その人物の生い立ちから生活環境、被害者の人物像まで含めて、なんとか自分の理解できる範囲に落とし込む。そうして、だからこうした事件が起きたのだと納得することで、人は安心するところがある。

実録や講談は、事件の背景に納得できるような道理を語る。小森の飼い猫の恨みによる事件であるという②や④では、小森は猫を偏愛して人々から奇異の目で見られていたが、我が子が出来てからは評判を気にして猫をうるさく思うようになる。猫を捨てるようにという父の遺言を守らず放置した息子は、猫に食事も与えずに盗み食いをするようにした。猫に鳥を獲られた側室は、殿の寵愛を良いことに権威を振るっており、彼女の機嫌を損ねないように金斎始めとした鍋島屋敷の人々は猫狩りを行い、多くの猫を殺して差し出した。小森も勿論飼い猫を八つ裂きにしてもと探す。こうして、小森の猫は居場所を失い、鍋島家の人々を恨んで災いをなすのである。B系統の講談の龍造寺の猫は、命を助けてくれた又七郎やその老母の恨みを晴らすために鍋島家に祟る。A・Bどの系統でも猫は祟るべき理由があって、祟るべき相手に害をなしているのである。

もちろん、②や④では生きものを長く飼うと妖怪になるという戒めなども書かれているし、B系統の講談では又七郎の死は親の因果の報いであり、鍋島の当主を恨むのは筋違いと言えるのかもしれない。

しかし、猫はかわいがってくれた飼い主の恩に報いるためであったり、または飼育放棄されたりして、人間に害をなす怪猫へと変化した。猫を怪猫へと変えたのは、人間なのである。

ところが、第一章で紹介したA系統の基本形①では、猫はもともと「尾の先二つに割れ」という猫又の姿をしていた。しかし、小森は人に何を言われようがその猫を寵愛していたのである。それなのに、なぜ猫は老母を食い殺して成り代わっていたのか、どうして夜桜の宴で大殿を襲ったのか、何の理由も語られない。猫又が化けた小森の老母は、殿の命令で猫を探す息子に「今まで大切に寵愛したる猫の事なれば、万一尋出したりとも『見のがしやらん』と思ふならん」と言う。殿への申し開きに猫を殺すと言われた老母は、やがて猫の正体を現して縁先から屋根を越えて逃げ失せる。

その後この怪猫は、国元で退治される時にも一言の恨みの言葉も発していない。わけもわからず、一方的に襲われ恨まれた鍋島家としてはいかんともしがたい。そのため、猫堂を建立して祀るなど、その霊異を鎮めることになったのであろう。これはある意味、もっとも恐ろしい話ではないか。

鍋島屋鋪の猫堂と不思議については、神沢杜口の『翁草』にも語られているので、巷説として広く知られた物語であった。その由来を説く物語を基本として、「なぜ」そんなことが起きたのかを語ることで、実録や講談は成長していったのである。普通の猫が、怪猫になるのではない。人を食らう恐ろしい猫になるにはやはり、理由があったのだ。うちのかわいい猫は、けっしてそんな風にはならない。そうやって、安心を得ることができる。猫の怪を語る実録・講談の読み手・聞き手は、怪猫の恐ろしさに震えるけれども、安心して我が家の愛猫はなでかわいがることができたのである。

〈参考文献〉

椥田舎好文著他『嵯嶺奥猫魔多話』亀遊堂、一八五四〔嘉永七〕-一八五五〔安政二〕年（国立国会図書館デジタル資料 info: ndljp/pid/9893827）
香夢亭主人編『佐賀怪猫奇談』（実録文庫）春陽堂、一八八四（明治十七）年（国立国会図書館デジタル資料 info:ndljp/pid/881044）
『嵯峨奥猫魔碑史』（『日本戯曲全集』四四巻「維新狂言集」春陽堂、一九三二年所収）。
『佐賀怪猫伝』（今古実録）栄泉社、一八八三（明治十六）年（国立国会図書館デジタル資料 info: ndljp/pid/881052）。
中村仲蔵・郡司正勝編『手前味噌』青蛙書房、一九六九年。
『鍋島猫騒動』豊栄堂、一八八九（明治二十二）年（国立国会図書館デジタル資料 info: ndljp/pid/885060）。
『百猫伝』（『講談人情咄集』新日本古典文学大系明治編、岩波書店、二〇〇八年）
『藤岡屋日記』（『近世庶民生活史料　藤岡屋日記5』三一書房、一九八八年所収）。
前田竹治郎編『佐賀怪猫伝』（前田版）一八八七（明治二十）年（国立国会図書館デジタル資料 info: ndljp/pid/883479）。

〈コラム１〉

肥前白石（ひぜんしらいし）・秀林寺（しゅうりんじ）の猫大明神
——もう一つの佐賀怪猫伝説

広坂朋信

肥前白石の化け猫物語

歌舞伎や講談で有名な鍋島の化け猫騒動の舞台は佐賀藩の江戸藩邸か佐賀城内だが、佐賀県白石町（しらいしちょう）にもう一つの化け猫伝説が伝えられている。

『白石町史』などによれば、佐賀藩初代藩主・鍋島勝茂（一五八〇～一六五七）の晩年のことだという。

寛永十七（一六四〇）年の春、勝茂は鷹狩のために、愛妾・お豊の方と数名の供の者だけをともなって白石に設けた秀（ひいで）の屋形に滞在していた。鷹狩を楽しんでいたはずだったが、勝茂の気分はすぐれなかった。それだけではなく、夜になると勝茂の寝所からただならぬ気配がするので、近習の者が駆けつけると、お豊の方に退けられるということがたびたびあって、側近たちは不審の念をつのらせていた。

そこで、白石での鷹狩の責任者を務めている千布本右衛門という武士が、屋形の庭先に身をひそめて様子をうかがうことになった。見張っていると、やはりお豊の方の挙動が怪しい。夜、お豊の方が勝茂の寝所に入ると勝茂のうめき声が聞こえるので、本右衛門は一大事と立ち上がろうとしたのだが、どこからか猫の鳴き声が聞こえるや、急な睡魔に襲われ、確たる証拠を見届けられなかった。

翌日の夜、再び見張りに出た本右衛門は、寝所のなかの灯りで障子に映ったお豊の方の影が猫の姿になるのを見届けたが、この晩も猫の鳴き声を聞くや睡魔に襲われて眠り込んでしまった。

三日目の晩、勝茂の酒の相手をするお豊の方の障子に映った影が猫の姿になるのを認めた本右衛門はただちに寝所に駆け寄ると、得意の槍を突き出してお豊の方を一刺しでしとめた。勝茂や近習のものたちが驚くなか、断末魔のお豊の方は巨大な白猫に変

図 C1-1　勝茂公供養碑（白石町秀林寺、筆者撮影、2016 年 4 月）

わって息絶えた。猫の遺骸は屋形の鬼門に葬られ、猫大明神の塚が築かれたという。

以上が白石町に伝わる化け猫伝説の概要である。

佐賀の化け猫伝説と史実

これまで佐賀の化け猫伝説と史実との関連と言えば、龍造寺高房の遺恨と関係づけられることが多かった（例えば、百瀬明治『御家騒動』など）。

戦国時代に佐賀を治めていたのは、戦国武将・龍造寺隆信を当主とする龍造寺家であった。天正十二年（一五八四）に龍造寺隆信が戦死すると、龍造寺一門の重鎮で、隆信の従弟で義弟でもあった鍋島直茂が、亡き隆信の子、龍造寺政家の補佐役として藩政を取り仕切ることになった。直茂とその子の鍋島勝茂は政家をささえ、豊臣から徳川へと中央政権が変わる激動の時代を乗り切った。江戸幕府も鍋島父子が佐賀の実質上の統治者であることを認め、大名に準ずる待遇を与えた。

これに不満をもったのが政家の子、龍造寺高房であった。高房は藩政にあずかれない悔しさからか、妻を殺害し、自らも自害しようとした。この時は家臣に取り押さえられて高房自身は命を取り留めたものの、その数か月後に没した。高房の死後、ひと月ほどでその父政家も死去。佐賀藩主の座は鍋島勝茂が相続することになった。

佐賀の政権交代劇は、悪家老が主家を乗っ取ったようにも見えるが、鍋島勝茂の藩主就任は龍造寺一門の多数派の推挙によるものだった。藩主の血統が絶えた以上、先代からの功労者で、実質上の藩政責任者である鍋島父子にまかせようという、しごく合理的な判断がはたらいた結果のように思われる。

しかし、龍造寺高房の怨念は晴れることなく、佐賀城下に怨霊となってあらわれたと伝えられる。白装束で馬に乗った高房の怨霊は、自分をないがしろにした藩士を殺してまわった。直茂は高房の怨霊を慰めるため、佐賀城下に天佑寺を建立し、その菩提を弔った。

鍋島の化け猫騒動の物語は、この高房の怨霊の伝説を下敷きにつくられたと説明されることが多い。実際、講談の『佐賀の怪猫（佐賀の夜桜）』では、二代藩主・鍋島光茂が主筋にあたる家柄の竜造寺又一郎（又七郎とも）を誤って手討にしてしまう場面から説き起こされる。この又一郎とその母の怨念が愛猫にのりうつって騒動を引き起こす設定である。竜造寺又一郎のモデルが竜造寺高房であることは明らかだ。

ところが、白石町に伝わる伝説には高房の怨霊の影が薄い。講談や歌舞伎の素材となった伝説とは別系統の伝承があったように思われる。

白石町の化け猫伝説の特徴

白石町の化け猫伝説を検討してみよう。

まず、鍋島勝茂が鷹狩のために白石を訪れたことは史実である。白石町の中央部が秀（ひいで）または秀津と呼ばれていたころ、この地に藩主の別邸・秀の屋形が設けられ、勝茂はこの秀の屋形をたびたび訪れては鷹狩を楽しんでいた。ちなみに、佐賀藩士の心得や逸話を集めた『葉隠』（聞書四）にも勝茂が白石で鷹狩をした折のエピソードがいくつか記されている。暖をとるために立ち寄った農家で、うっかり年貢米の上をまたいだため、農家の老婆から「殿様にさしあげる米なのにもったいないことをするな」と叱られた勝茂が「御免あれ」とわびて退散したなどほほえましい話もある。

勝茂に伴われて白石を訪れた愛妾・お豊の方については実在が疑わしい。勝茂には正室・高源院のほかに何人かの側室がいたが、その中に物語のお豊のモデルがいたかどうかはわからない。お豊の方、という名前は、講談では二代藩主光茂の愛妾の名前として出てくる。

一方、化け猫退治に活躍する千布本右衛門は実在の人物である。『白石町史』によれば、地元の寺院に保管されている明暦三（一六五七）年の『灯篭寄進状』にその名前が残されている。また、昭和四九年の時点で子孫が佐賀市に現存していることが確認されている。その千布家に保存されていた系図によれば、千布家は鷹狩の担当者（御鷹方）として鍋島勝茂に仕え、白石に屋敷を与えられていたという（『白石町史』三一二頁）。

こうしてみると、千布本右衛門こそ伝説と史実を結ぶ人物であるように思われる。千布本右衛門の子孫が、先祖の退治した猫を供養した石碑が白石の寺にあると聞いて、その地を訪ねてみた。

秀林寺の猫塚

佐賀駅からJR長崎本線に乗って肥前白石駅で下車、駅から十分ほど歩いた住宅地のなかに曹洞宗寺院の泰盛山秀林寺がある（白石町大字福田）。このお寺の本堂に向かって右手にあるのが通称・猫塚、怪猫を祀った猫大明神の祠である。白っぽい石に、七尾の猫の姿が刻まれている。なんだか中国の妖怪図鑑『山海経』に出てくる九尾狐を連想させる異形の猫である。

祠の横には次のような「猫塚の由来」が掲示されていた（改行は／で区切り、句点を補った）。

「猫塚の由来
伝説鍋島猫騒動は寛永十七年（一六四〇）頃のできごとで化猫を／しとめた千布家にはなぜか男子に恵まれず代々の当主は他家から／入った人である。そのことに不審をいだいた七代の当主久右エ門と／いう人が千布家に代々縁がないのは先祖の本右エ門が化猫を／刺し殺したおり断末魔の苦悶のなかに千布家には七代祟って／一家をとり潰しこの怨念を必ずはらすといったと伝えられて／猫の怨念によるものではあるまいかと七尾の白猫

図 C1-2　秀林寺の猫塚（筆者撮影、2016 年 4 月）

の姿を／描いた軸幅をもって猫の霊を丁重に弔はれた。爾来千布／家では毎年猫供養が営なまれている。が幸にも男子の成人が／みられ家系は安泰に保たれてる。猫塚は当初化猫の屍体を／埋めた秀屋形の鬼門にあたる敷地に猫明神とした祠があったといわれるが現在の猫塚は七代当主が画像をもとに／明治四年（一八七一）九月再建したものである。猫塚の右側の／碑は当時の開基であり猫騒動にある鍋島勝茂公の／供養塔である。

平成二十二年三月吉日

秀林寺二十二世　守生代」

つまり、白石の猫塚は、この伝説の当事者（千布本右衛門）の子孫によって、幕末から明治の初めにかけて再興されたものだということである。

幸いなことに、秀林寺のご住職・林田守生師からお話をうかがうことができた。この秀林寺は鍋島勝茂によって寛永二十（一六四三）年に開基。勝茂没後はその木造を仏殿に安置し、代々の佐賀藩主から庇護を受けてきた鍋島家菩提寺の一つ。『葉隠』（聞書四）には、勝茂が鷹狩のため白石に滞在しているあいだも先祖供養ができるようにこの秀林寺が建立されたとある。白石を勝茂がたびたび訪れたのは、単に鷹狩のためだけではなく、有明海の干拓事業の督励のためでもあったろうとのことだ。

もう一つ、ご住職から化け猫伝説に直接かかわるお話をうかがった。地元の郷土史家、福岡博氏の説である。福岡氏によれば、白石の化け猫伝説の背景としては龍造寺氏の遺恨ではなく、地元白石の豪族の抵抗が考えられるという。

戦国時代、龍造寺氏が佐賀を統一する過程で、白石の豪族・秀一族は龍造寺側について取り立てられたが、後に鍋島時代になると当主・秀半右衛門がキリシタンであることを理由に粛清されてしまった。そこで、秀一族は、鍋島家の白石統治にさまざまな妨害活動をした。「このような歴史的背景から秀氏のうらみがネコとなってあらわれるという物語である」（福岡博『佐賀地域の歴史と民俗』）。

福岡氏も「物語」と断っているように、あくまでも仮説だろうが、化け猫伝説の発生を考えるうえで通説とは別の可能性を示唆するものとして興味深くうかがった。『葉隠』にも白石に滞在していた勝茂が屋形に忍び込んだ怪しい人影を切り捨てた、曲者はおそらく秀半右衛門一党の者だろうという逸話が記されている。

※付記　末筆となったが、突然の訪問にもかかわらず、貴重なお話をお聞かせいただいた秀林寺ご住職・林田守生師と取材に同行してくださった福岡市の吉田信子さんに篤く御礼申し上げる。

〈参考資料〉

『白石町史』白石町史編纂委員会、一九七四年。
百瀬明治『御家騒動』講談社現代新書、一九九三年。
『日本思想体系26三河物語　葉隠』岩波書店、一九七四年。
福岡博『佐賀地域の歴史と民俗――佐賀県高齢者大学講義資料』財団法人佐賀県長寿社会振興財団（発行年不詳）。

第二部

江戸時代の怪猫談（かいびょうだん）

『薄雲猫旧話』（山東京伝作 / 歌川国貞画）より〔所蔵 = 国立国会図書館〕

第三章　馬場文耕「三浦遊女薄雲が伝」
——猫の報恩物語

注・現代語訳＝門脇　大

本章で紹介する「三浦遊女薄雲が伝」は、蛇に魅入られた遊女、薄雲太夫を飼い猫が最期の一念で助けるという小品である。本話は、『近世江都著聞集』という書物に収載されている。『近世江都著聞集』は、宝暦七（一七五七）年、講釈師として知られる馬場文耕（一七一八?〜一七五八）によって著された。馬場文耕は、筆禍によって極刑に処された人物である。著作は多く、内容も多岐にわたっているけれども、出版されたものはなく、本書も写本（手書きの本）で伝わっている。[1]

「三浦遊女薄雲が伝」は、短篇でありながらも、猫の忠心を見事に描いている。ストーリー展開に大きな屈折はなく、寵愛を受けた愛猫が命を賭して主人を守る、忠義の一篇といえるだろう。筆者の主観を交えず、ハナシの展開を淡々とした筆致で綴っている。それだからこそ、よりいっそう読む者に猫への悲哀や、さまざまな想いを抱かせる。

本文には、『燕石十種』第四輯第六冊（文久元〔一八六二〕年三月成）を収める『燕石十種』第五巻（中央公論社、一九八〇年）を用いた。収録にあたっては、読解の便宜を考慮して、改行を行ない振り仮名を付して、適宜注釈を施した。また、割書は［　］で示した。

〈注〉

（1）『日本古典文学大辞典』第五巻（岩波書店、一九八四年）「馬場文耕」の項（延広真治）、叢書江戸文庫12『馬場文耕集』（国書刊行会、一九八七年）「解題」（岡田哲）を参照した。

近世江都著聞集 巻五
三浦遊女薄雲が伝

晋其角句に、[*1]

京町の猫通ひけり揚屋町[*2]

此句は、春の句にて、猫通ふとは申也、[猫サカル、猫コガル、]おだ巻[*3]の初春の季に入て部す也、京町[*4]の猫とは、遊女を猫に見立たる姿也といふ、斯有と聞へけれども、今其角流の俳諧にては、人を畜類鳥類にくらぶるは正風にあらず、とて致さず、此句は、元禄の比、太夫[*5]、格子[*6]の京町三浦[*7]の傾城[*8]揚屋入[*9]の時は、禿[*10]に猫を抱させて、思ひ〳〵に首玉[*11]を付て、猫を寵愛しけり、すべての遊女猫をもて遊び、道中に持たせ、揚屋入をする事、其頃のすがたにて、京町の猫揚屋へ通ふ、と風雅に云かなへたりし心なるべし、

其比、太夫、格子の、猫をいだかせ道中せし根元は、四郎左衛門抱[*12]に

*1 **晋其角**（一六六一〜一七〇七）姓は榎本、後に宝井。江戸時代前期の俳人であり、芭蕉の門人。華やかな作風に特徴があり、吉原遊廓に精通していた。また、猫の句を集めた『焦尾琴』がある。

*2 **京町の猫通ひけり揚屋町** 『焦尾琴』（元禄十四〔一七〇一〕年刊）などに収まる。季語は「猫」（恋猫）で春。句意は、吉原京町の猫が、（春になって恋する猫を求めて）近くの揚屋町に通ってゆくことよ、というもの。

*3 **おだ巻** 溝口竹亭『（誹諧）をだまき』（元禄四〔一六九一〕年刊。増補版・改刻版がある）「四季之詞」には、「猫さかる」が二月（仲春）に立項されている。

薄雲[*13]といふ遊女あり、此道の松の位と[*14]経上りて、能く人の知る所也、高尾、[*15]薄雲といふは代々有し名也、是は元禄七八の頃より、十二三年へ渡る三代薄雲と呼し女也、［近年板本に、北州伝女をかける、[*16]甚非也、但し板本故、誠をあらはさゞるか］

此薄雲、平生に三毛の小猫のかはゆらしきに、緋縮緬[*17]の首玉を入、金の鈴を付け、是を寵愛しければ、其頃人々の口ずさみけると也、夫が中に、薄雲に能なつきし猫一疋有て、朝夕側を離れず、夜も寝間迄入て、片時も外へ動かず、春の夜の野ら猫の妻乞ふ声にもうかれいでず、手元をはなれぬは、神妙にもいとしほらしと、薄雲は悦び、猶々寵愛し、大小用のため、かわや雪隠へ行にも、此猫猶々側をはなれず、ひとつかわやの内へ不レ入してはなき、こがれてかしましければ、無二是非一[*18]其通りにして、かわや迄もつれ行、人々其頃云はやし、浮名を立ていひけるは、いにしへより猫は陰獣[*19]にして甚魔をなす物也、薄雲が容色うるはしきゆへ、猫の見入しならん、と一人いひ出すと、其まゝ大勢の口々へわたり、薄雲は猫に見入れられし、といひはやす、三浦の親方耳に入て、薄雲に異見して、古より噺

*4 **京町**　江戸の元吉原、および新吉原にあった町名。ここでは後者。
*5 **太夫**　ここでは、最高級の遊女こと。
*6 **格子**　ここでは、第二級の遊女のこと。
*7 **京町三浦**　新吉原京町（現東京都台東区千束四丁目）にあった遊女屋・三浦屋のこと。宝暦年間（一七五一～一七六四）の頃まであり、高尾や小紫、薄雲といった名妓を抱えていた。
*8 **傾城**　遊女のこと。
*9 **揚屋入**　遊女が客に呼ばれて遊女屋から揚屋に行くこと。いわゆる花魁道中。
*10 **禿**　上位の遊女に仕えて、その見習いをする六、七歳から十三、四歳ほどまでの少女。
*11 **首玉**　犬や猫などの首にかける環のこと。
*12 **四郎左衛門**　*7の遊女屋・三浦屋四郎左衛門を指す。

し伝ふ訳もあり、余り猫を愛し給ふ事なかれ、と云、薄雲も人々の物語の恐ろしく思ひ、寵愛怠りけれども、猫はたゞ薄雲をしたひ放れず、人々是を追放しければ、只悲しげに泣さけび、打杖の下よりも、薄雲が膝もとはなるゝ事を悲みけり、殊にかわやへの用たし毎に、猶も付行ける故、人々度々追ちらしけれ共、したひ来るゆゑ、いよ〳〵此猫見込しならん、と家内の者寄合相談して、所詮此猫を打殺し仕廻んとて、手組居る処に、薄雲ある日用達しにかわやへゆきしに、何方よりか猫来りて、同じくかわやへ入らんとするを見付、家内の男女、追かけ追ちらさんとす、亭主脇差をぬき、切かけしに、猫の首水もたまらず[*20]打落す、其首とんで厠より下へくゞり、猫のどうは戸口に残り、首は見へず、方々と尋ねければ、厠の下の角の方に、大きなる蛇の住居して居たりし其所へ、件の猫の頭喰付て、蛇をくひ殺していたり、

人々きもをつぶし、手を打て感じけるは、是は、此蛇の厠に住て薄雲を見込しを不レ知、とがなき猫に心を付、斯く心ある猫を殺しけるこそ卒忽なれ、[*21]日比寵愛せしゆゑ、猫は厚恩をおもひて如レ斯やさしき心ねなるを、

＊13　薄雲　江戸新吉原の三浦屋四郎左衛門抱えの遊女。薄雲という名の遊女は三名いるが、本文にあるように、ここでは三代薄雲を指す。生没年未詳。信州埴科郡鼠宿の生まれ。優れた太夫として知られ、元禄十三（一七〇〇）年七月に身請けされた。

＊14　松の位　遊女の最上位である太夫の位のこと。

＊15　高尾　江戸新吉原の三浦屋四郎左衛門抱えの最高級遊女。江戸時代前期の新吉原を代表するほどの名妓として著名である。高尾を名乗った遊女は、初代から七代目、または十一代目までもいたといい、諸説ある。

＊16　近年板本に、北州伝女をかける　色道軒荘司叟『北州列女伝』（宝暦六〔一七五六〕年刊）巻の二「薄雲が伝」を指すと考えられる（高橋圭一「文耕著作小考」に指摘がある。『説話論集 第四集 近世の説話』清文堂出

しらず殺せし事の残念さよ、といづれも感を催しけり、

薄雲は猫も不便(ふびん)のまして、泪を流し、終(つい)に其猫の骸(なきがら)を道哲[*22]へ納て、猫塚[*23]と云り、是よりして、揚屋通ひの遊女、多くは猫を飼ひ、禿にもたせねばならぬやうに、風俗となりしとなり、

版、一九九五年、所収)。薄雲が吝嗇な武士の危機を救う話である。この話は、薄雲のやさしさと、誇り高さを物語る逸話であって、本話との関わりは認められない。一二七頁の注1を参照。

＊17 緋縮緬 緋色のちりめん。婦人の長襦袢や腰巻などに用いられた。

＊18 無二是非一 是非無く。どうしようもなく、の意。

＊19 猫は陰獣 例えば、山岡元隣『古今百物語評判』(貞享三〈一六八六〉年刊)巻の三第八「徒然草猫(つれづれぐさねこ)またよやの事付観教法(くわんげうほう)印(いん)の事」には、「陰獣(いんじう)にして虎(とら)と類(るい)せり」とある(叢書江戸文庫27『続百物語怪談集成』国書刊行会、一九九三年による)。

＊20 水もたまらず 水も溜まらず。刀剣で、あざやかに切るようすをいう。また、よい切れ味のようすを表す。

＊21 卒忽なれ 軽はずみであ

図 2-1　西方寺（巣鴨）の墓所にある猫塚（撮影＝編集部）

る、の意。

＊22　**道哲**　土手の道哲ともいう。江戸時代、浅草新鳥越一丁目（現東京都台東区浅草七丁目）日本堤上り口にあった、浄土宗弘願山専称院西方寺の俗称。明暦（一六五五〜一六五八）の頃、道哲という道心者が庵を結んだことに由来する名称という。吉原の遊女の投込寺であった。また、二代目高尾太夫の墓と塚があった。関東大震災後、豊島区巣鴨に移った。

＊23　**猫塚**　本話のように、猫の報恩や、反対に猫の復讐などの伝承を持つ塚。各地に存在する。

遊女薄雲と猫の物語

【三浦遊女薄雲が伝】訳

宝井其角（たからいきかく）の句に、「京町の猫通ひけり揚屋町」がある。この句は春の句であって、「猫通う」と言うのである（「猫さかる、猫こがるる」）。『おだ巻』の初春の季語に入っている。「京町の猫」とは、遊女を猫に見立てた姿であるという。このように知られているけれども、今、其角流の俳諧では、人を畜類や鳥類に見立てるのは正風ではない、ということで上述のようには解さない。この句は、元禄の頃、京町三浦屋の太夫や中級の遊女が、揚屋に向う時は禿（かぶろ）に猫を抱えさせて、思い思いに首玉をつけて猫を寵愛した。すべての遊女が猫をかわいがり、道中に持たせて揚屋入りをするのが、その頃のならわしであった。このことを踏まえて、「京町の猫が揚屋へ通う」と風雅に詠みあげたという句意であろう。

その頃、太夫や中級の遊女が猫を抱かせて揚屋に向ったことの始まりは、三浦屋四郎左衛門の抱えに薄雲という遊女がいた。この道（遊女の道）の最上位へ上がり、広く世間の人々が知る人であった。高尾、薄雲という名は代々受け継がれた名前である。この薄雲は、元禄七、八年の頃から十二、三年にわたる三代薄雲と称した女である（近年の版本に、『北州伝女』(1)が著されている。これは、はなはだしい誤りである。ただし、出版物であるから、真実を記さなかったのであろうか）。

この薄雲は、普段から、かわいらしい三毛の小猫に緋縮緬（ひじりめん）の首玉を付けて、金の鈴も付けて、とてもかわいがっていたので、その頃の人々の噂にのぼっていた。その猫たちの中に、薄雲によくなついた猫が一匹いた。いつも薄雲の側を離れることがなく、夜も寝所まで入って、少しも他所に動かず、春の夜に野良猫が妻を呼ぶ声にも浮かれ出ることがなく、薄雲の手元を離れない。「不思議なことだけれど、とてもかわいらしい」と、薄雲は喜び、ますます愛情を注いだ。

薄雲が用を足すために厠へ行く際にも、この猫はやはり側を離れず、同じ厠の中へ入れないと鳴いて、薄雲を恋焦がれてやかましいので、どうしようもなくそのままにして、厠までも連れて行った。そのようすを見て、その頃の人々ははやし立てて、次のように噂をした。「昔から猫は陰獣であって、たいそう妖しい行ないをするものだ。薄雲の容貌が艶やかであるから、猫がとり憑いているのであろう」と。このように一人が言い出すと、そのまま大勢の人々に伝わって、「薄雲は猫にとり憑かれた」と言いはやす。このことが、薄雲の雇い主である三浦屋の主人の耳に入ってしまった。主人は薄雲に注意して、「昔から言い伝えることには、それなりの訳もある。猫をかわいがることもほどほどになさい」と言う。薄雲も人々の話を恐ろしく思って、猫をかわいがることをやめたけれども、猫はひたすらに薄雲を慕って離れない。人々がこの猫を追いやったところ、猫はただただ悲しげに泣き叫び、人々が打つ杖の下からも、薄雲の膝元を離れることを悲しんだ。特に、薄雲が厠へ用を足しに行くたびに、なおもついて行くので、人々はたびたび追いやったけれども、慕って来る。このために、「本当に、この猫は薄雲にとり憑いているのだろう」と、家内の者たちは寄り合って話し合った。そして、「こうなれば、この猫を打ち殺してしまおう」と、腕組みをして思案していた。

薄雲がある日、用足しに厠へ行ったところ、どこからか猫がやって来て、一緒に厠へ入ろうとするのを人々が見つけ、家内の男女が猫を追いかけ追い散らそうとする。主人が脇差しを抜き、猫に斬りかかったところ、猫の首を鮮やかに打ち落とした。猫の首は、飛んで厠より下へくぐり、猫の胴体は戸口に残った。しかし、その首は見当たらない。あちらこちらを探したところ、厠の下の角のところに、大きな蛇が居座っていた。そこへ、あの猫の頭が喰らいついて、蛇を食い殺していたのだった。

人々は肝をつぶし、ハタと思い至ったことには、「この蛇が厠に居ついて薄雲を狙っていたとは知らなかった。何の罪もない猫に注意を向けて、このように心ある猫を殺してしまったのは、何とも軽率だった。日頃からとてもかわいがっていたから、猫は深く恩を感じていたのだ。このようなやさしい心根だったのに、そうとは知らずに殺してしまったのは、本当に悔やまれる」と、誰もが感じ入った。

薄雲はいっそう不憫さが増して、涙を流した。ついには、その猫の死骸を土手の道哲へ葬って塚を築き、猫塚と称した。これ以来、揚屋通いの遊女は、多くが猫を飼って、禿に持たせなければならないという風俗になったということである。

〈注〉

(1)『北州列女伝（ほくしゅうれつじょでん）』巻の二「薄雲が伝」は、以下のような話である。『京都大学蔵 大惣本稀書集成』第一巻（臨川書店、一九九四年）を参照して、梗概を記す。

橘井不粋（きついぶすい）、名を改めて歩左衛門（ぶざえもん）は、さる西国大名に仕える倹約家であった。その倹約も幸いして、茶坊主から勘定方に上った人物である。しかし、その倹約は周囲には過ぎた吝嗇と映り、歩左衛門に恥辱を与えようとする話が持ち上がる。それは、浅草観音詣でにかこつけて、遊廓に繰り出し、野暮な歩左衛門に恥をかかせようという企みであった。このことを知った歩左衛門は、武士の体面を投げ捨てて、著名な薄雲太夫に相談を持ちかける。通常、太夫が初対面の人物と顔を合わせることなど考えられないことであるけれども、薄雲は親身になって歩左衛門の相談に乗る。薄雲は、歩左衛門に一つの香箱を手渡し、知恵を授ける。当日、歩左衛門は野暮を絵に描いたような格好で観音詣でに出掛けて、遊廓に繰り込む。遊興の場において、歩左衛門は周囲からの甘い誘いを固辞するけれども、それは恥辱を与えるための誘いである。歩左衛門が上手く立ち回ることのできないようすを眺めるためのものであった。そこで、歩左衛門は例の香箱を三浦屋の薄雲に届けさせる。香箱を受け取った薄雲は、かの香箱はかつて深い契りを結んだ人に渡した物だと語る。そして、遊女たちを引き連れて薄雲が乗り込み、歩左衛門とは入魂の仲であったことを明かす。周囲の人々は驚き、歩左衛門は面目を保つことができた。翌日、歩左衛門が礼物を持って薄雲を訪ねたところ、薄雲は一切の礼物を断った。後日、歩左衛門が仕える殿様から内室の詮議があり、歩左衛門が薄雲を推挙して、薄雲は内室に収まった。男子を四人までもうけて、人々から敬われ、八十九歳で没したという。

第四章　猫の報恩譚（ほうおんたん）

門脇　大

「三浦遊女薄雲が伝」は、誤解を受けて虐げられても忠義を貫いて主人を救った猫の話である。

一般的にイメージされている猫は、少しわがままで自由気まま、どこか人間と距離を置いて、従順に慕ってはくれないところがある。しかし、だからこそ、いっそう愛おしい。このような印象が多数を占めるのではないだろうか。また、それとは別に、本書に収められたいくつかの章を繙いてもわかるように、猫には魔性のイメージがつきまとう。猫股に代表されるように、化け猫の伝承や怪談話は数多い。このように、猫をめぐるハナシや物語の世界は、さながら万華鏡のように複雑な模様の変化を見せる。

「三浦遊女薄雲が伝」に描かれている猫は、命と引き換えに主人を助けてくれた。多彩な猫の世界では、やや珍しい猫である。このような忠義・忠誠といったイメージは、むしろ犬にこそふさわしい。このことに関しては、この話の背景を探るうちに明らかになるだろう。さて、本話は江戸時代に筆録された一話である。猫を飼う、という習慣が広まった江戸時代。猫が人々の生活と密着して、ともに生活することが一般化した時代であった。このような時代状況や、そこに生活した人々の心性がこの一話にはよく表れている。

ここでは、「三浦遊女薄雲が伝」の背景とその広がりを探ってみたい。猫の報恩譚に秘められた、妖しくも愛おしい、一風変わった猫の世界を見つめてみよう。

1　猫の報恩談の広がり

『近世江都著聞集』（以下、『江都著聞集』と略記する）冒頭には、「惑解断」と称する、掲載した記事の根拠を示す文章がある。薄雲の話を含めた遊女の話に関する箇所は、次のように記されている。[1]

遊女の伝は、古今に言伝ふる事多し、就中、遊客の事を知りし廓内の老長、予に語るを本とす、

遊廓において語られていた話の聞き書きであるという。廓内で語り継がれた、猫好きとしてよく知られた薄雲にまつわる一話を筆録したもの、と考えられる。しかし、この一話はそれほど単純なものではない。一見すると、猫好きの遊女の一エピソードと見えるけれども、この話のモチーフに着目するならば、広く、深い、忠義な猫の話に遭遇することになる。

ところで、猫に関する著書は数多い。その中でも、特に興味深い著書に、平岩米吉『猫の歴史と奇話』がある。[2]猫に関する古今東西のおもしろい話が満載の本である。その第三章「猫の報恩談」におい

て、この話の類話とそれらに関する所見が述べられている。ひとまず、当該書を参照しつつ、この話の広がりを見ておこう。

そもそも、切られた首が蛇にかみつくという話は、忠犬伝説としてあったものだという。『今昔物語集』巻二十九「陸奥国狗山狗（みちのくにのやまいぬのいぬ）、咋殺大蛇語（だいじやをくひころすこと） 第三十二」に筆録されており、昔話「忠義な犬」として各地に伝わっている。狩りに出た猟師を大蛇から救う忠犬の話であって、話の基本的なモチーフは一致している。(3) ここに詳しくは述べないけれども、「忠義な犬」の説話は、広く諸外国にも分布しており、インドでは六世紀以前に民間伝承として広まっていたらしい。(4) つまり、この話は元々は犬の話であって、後に猫の話へと変化したと考えられる。

そして、最も古い猫の話は、『松下庵随筆』に載るという。万治の頃（一六五八〜一六六〇）、京の岡崎に住んでいた浪人の娘と猫の話であって、蛇に襲われた娘を猫が助けるというものであるという。たしかに、同型の話と考えてよさそうである。しかし、『松下庵随筆』という書物は、現在所在を確認することができない。よって、最も古い資料として位置づけることには、注意が必要である。ただし、この話は、山東京山『朧月猫草紙（おぼろづきねこのそうし）』二編（天保十三〔一八四二〕年刊）上に引用されている。また、これらのほかに、松平定信の『退閑雑記』（寛政十二〔一八〇〇〕年成）、および『花月草紙』（享和三〔一八〇三〕年成）に、厠で蛇に襲われる主人を救う猫の話が載っている。以上が、『猫の歴史と奇話』に指摘されている当該話の類話である。

上記の資料に加えて、江戸時代の文献としては、葦原駿守中作の読本『烟花清談（えんかせいだん）』（安永五〔一七七六〕

年刊）巻一の二「三浦や薄雲愛レ猫災を遁し事付 其角発句」があり、『江都著聞集』と同型の話を収載している。[5]また、読本の狐郭亭主人『薄雲伝奇廓物語』（文政二年（一八一九）刊）巻四第八章には、作中の一趣向として取り入れられており、『江都著聞集』と似通った本文が散見し、引用関係が想定される。そして、薄雲の話を一篇の骨子とした作品として、山東京伝『薄雲猫旧話』（文化九（一八一二）年刊）がある。これらの作品を見ると、江戸時代中期以降には、薄雲太夫と猫の話として広く認知されていたものと考えられる。

このように、薄雲太夫と猫の話の類話は、いくつかの江戸時代の文献に筆録されている。ここで留意しておきたいのは、「薄雲太夫」という著名な遊女の話として筆録されたものと、個人を特定することのできない話として記述されたものの二つの系統があるということである。この点に留意しつつ、まず、諸書に散見する蛇から主人を救う猫の話を検討してみよう。

2　忠義な猫の伝承

前節で紹介した資料を確認してゆこう。これらは、基本的な話のモチーフは共通しているけれども、それぞれに微妙な差異があり、そこを手掛かりにして本話の背景を明らかにしたいからである。

まず、山東京山『朧月猫草紙』二編上「猫恩を報ずる話」には、次のように記されている。[6]

寛文年中の人の作に、松下庵随筆といふ写本あり。巻の六に見えたる猫のはなしをこゝに指摘む。

『松下庵随筆』巻六に載る話であるという。この後に、万治の頃の京都岡崎在の娘の話を紹介している。すでに述べたように、『松下庵随筆』は所在不明であるけれども、寛文年中(一六六一〜一六七三)の人の著述というのであるから、他の資料に比べるとかなり古いものである。引用の後に、京山による次の記述が認められる。

京山按に、遊女うす雲がねこのはなしは、これにもとづきたるそらことなるべし。(後略)

京山によれば、薄雲の話は、『松下庵随筆』という書物に載る話を基にした作り話であろうという。つまり、元は京都岡崎の娘が飼い猫に救われた話であって、江戸・吉原京町の薄雲の話は後付けだというのである。この証言は貴重なものといえよう。それは、薄雲太夫の話の前に同型の話があって、後に薄雲太夫の話として世に広まった可能性を示しているからである。

次に、松平定信によって著された『退閑雑記』、『花月草紙』の記述を見てみよう。(7)同一の著者によって著された二著であるけれども、両者には異同が認められる。共通するのは、中国宋代の馬純選『陶朱新録』に収載されている「冤牛」の話を併記しているという点である。「冤牛」の話とは、昼寝をしていた農夫が虎に襲われそうになったところを飼い牛が救済するけれども、目を覚ました農夫は牛が自分を襲おうとしていると勘違いして殺してしまうという話である。錯誤によって自身を救ってくれた家畜を殺してしまう、という点が忠義な猫の話と共通している。

『退閑雑記』後編巻の四では、「冤牛」の話が中心となっており、猫の話は類話として記されている。「冤牛」の話を記した後に、「それに似たる事あり。よく小児輩も知る物語なれど、いつはりとは聞へねばしるし侍る也。」と記して、忠義な猫の話を簡潔に記している。「あるもの」が飼っていた猫の話であって、遊女の話ではない。目を引くのは、「よく小児輩も知る物語」であり、作り話だとも思えない、と記述されている点である。つまり、この話は子どもでさえも知っている、世間一般によく知られた話だというのである。忠義な猫の話が、遊女薄雲とは結びつかずに、人口に膾炙していたものだということがわかる。

そして、『花月草紙』では、猫の話が大部分を占めており、「冤牛」の話があることも記されている。ここでも、「十あまり六つ七つになりたる」娘の話として記されており、具体的な場所や人名などは記されていない。また、話の出所であったり、引用元が明記されているわけでもない。

ここまで、山東京山と松平定信によって著された資料を見てきた。忠義な猫の話は、京山の『朧月猫草紙』によれば、寛文年間に作られた『松下庵随筆』に、万治の頃の話として筆録されているという。これに対して、『朧月猫草紙』よりも十年程度早くに記された定信の二著には、具体的な年時は記されていないけれども、よく知られた話であったことがわかる。これらの資料からうかがえるのは、忠義な猫の話は、江戸時代のごく初期に書物に筆録されていた可能性があるということ、そして、口承によっても伝播していたということである。確定はできないけれども、京山が引用した『松下庵随筆』という書物と同じものを定信が実見して引用したとは考え難い。また、定信の記述から口碑伝承の可能性は十分に推測される。留意すべきは、遊女薄雲の話としてではなくて、人物を特定しない、一種のハナシとして巷間に流布していたということである。そして、このことを裏付ける口承資料は、現在まで伝わっている。

ここで、口碑伝承の世界に目を移そう。蛇に襲われそうな主人を救う猫の話は、各地に伝わっている。例えば、宮城県桃生郡雄勝町や群馬県太田市の話が採集されている。[8] また、各地に伝わる塚や宮などの縁起譚は、山形県東置賜郡高畠町の「猫の宮」、宮城県角田市梶賀の「猫神さま」、宮城県仙台市若林区の少林神社の「猫塚古墳」（コラム2参照）のように東北地方にある。また、埼玉県秩父郡長瀞町の「猫地蔵尊」のように関東地方にも伝承がある。例を挙げてゆけばきりがないけれども、岐阜県飛騨高山市の「猫石」（または「猫塚稲荷」）の由来譚も同型の話である。いずれも同工異曲の話といってよいけれども、遊女の話として伝わっているものは見当たらない。多くの場合、忠義な猫の話として在地に伝わり、伝承を伴った塚や社が現代まで遺っている。

忠義な猫の話が各地で伝承されているということが示しているのは、書物の世界だけではなくて、口承によってもこの話が伝播していたという事実である。つまり、主人を救った猫が誤解を受けて殺されてしまう、というこの哀話は、広範囲にわたって永く語り伝えられてきたのである。人々は、哀しくも愛おしい猫の報恩譚を、猫への畏怖と憐憫の想いで語り継いできた。薄雲太夫の話の背景には、このような広大な伝承世界が広がっているのである。

3　山東京伝『薄雲猫旧話』

薄雲太夫の話に戻ろう。本章第一節に記したように、薄雲の話は廓内で語り伝えられていたと考えられる。そして、山東京伝は、本話を骨子として合巻『薄雲猫旧話』を著した。京伝は、『江都著聞集』に収載され、また、廓内の人々や、世間の人々の口の端に上ったであろう本話を、さまざまな趣向を絡めて一篇の合巻に仕立て上げた。本作を検討してゆくことによって、薄雲の話が物語として昇華する様相を眺めることができるとともに、さらなる魅力を探ることもできるだろう。

『江都著聞集』「三浦遊女薄雲が伝」を見ればわかるように、薄雲の話は複雑なものではない。それに対して、『薄雲猫旧話』はいくらか複雑な展開を示している。それは、薄雲の話を物語の中に取り入れつつ、多彩な演劇的趣向を用いたことに由来すると考えられる。薄雲の話が京伝の合巻に取り入れられる様相を観察してみよう。ここでは、いくつかの場面に限定して、新たに施された設定に焦点を絞って見てゆくこととしたい。

『江都著聞集』をはじめとした薄雲の話では、薄雲が蛇に狙われるいきさつなどは一切描かれてはいない。そもそも、話のクライマックスにおいて、薄雲にとり憑いたと思われていた飼い猫が、じつは薄雲を救うという展開が一話のおもしろさであった。ところが、『薄雲猫旧話』においては、この点が大きく異なっている。猫と蛇、そしてそれらを取り巻く人間模様が、物語を突き動かしてゆく。ここでは、特に蛇に着目して見てみたい。

『薄雲猫旧話』は、時代を応仁（一四六七～一四六九）の頃に設定している。ただし、この時期の草双紙や読本の常として、言語・風俗などは江戸時代のそれである。この物語は、柏木衣紋之介という若侍と、桜木（後の薄雲太夫）とを中心に展開してゆく。二人は結婚を約束した仲であったけれども、それぞれに横恋慕する人物がおり、彼らによって引き起こされる悲劇が物語の発端である。桜木に想いを寄せるのは大島嵯峨右衛門、衣紋之介には嶋寺の袖という白拍子である。まず確認しておきたいのは、物語の冒頭において嵯峨右衛門が袖を殺害する場面である。袖が想いを寄せる衣紋之介が桜木と相思相愛であることを知り、袖は二人の仲を裂くために丑の刻参りを行なっている。その光景を目撃した嵯峨右衛門は、衣紋之介と桜木に頼まれて手を下すのだと謀り、怨むなら二人を怨めと告げて袖を斬る。その際、騙された袖の情念は、二人への激烈な怨嗟となって人智を超えた事態を引き起こす。その場面は次のように描かれている。(9)

図 4-1 『薄雲猫旧話』（山東京伝作 / 歌川国貞画）より〔所蔵 = 国立国会図書館〕

袖はこれを聞き、ヱ、怨めしや腹立ちや、それ程までにわしが憎いか。二人の衆、覚へてござれ、生変はり死変はり怨みをなさでおかふかと、虚空を摑む断末魔、チ、〳〵と寝鳥鳴く声さへ凄き山社、遂に息絶へ死しにけり。折しも傍らに蛇娘の小室が使ふ蛇の籠捨て、ありしが、袖が魂魄、此蛇に眩着して、時しも大雨降来り、辺りの岩石鳴動し、風に梢はざは〳〵。アラ怪しや、数多の蛇、籠を離れて蠢き出で、そのうち一つの蛇、虚空をさしてぞ飛去りける。

袖の情念が蛇に乗り移り、嵐の中で虚空へ飛び去ってゆく。その断末魔の叫びは短いけれども、怨みの激しさを伝えてやまない描写となっている。この後、この蛇が物語の各所に登場して、衣紋之介と桜木を責めさいなむ。

さて、袖の情念が蛇と化す、というこの場面は十分に留意しておく必要がある。「女と蛇」である。江戸時代の怪談において、「女と蛇」の物語は連綿と続き、多様な展開を見せている。女と蛇が結びついた話は、江戸怪談の一つの典型といってよいものである。本作でも、女と蛇が結びつき、作中で重要な役割を果たしている。以下、袖＝蛇が登場する場面を検証してみよう。

次に蛇が登場するのは、衣紋之介と桜木とが家を追い出されて、三河の国八つ橋で侘び住まいをしている所に、衣紋之介の家臣である牡丹灯篭之介が加わり、三人で暮らしている場面である。衣紋之介は病に倒れていた。灯篭之介が帰宅する場面を見てみよう。

斯くてある日、灯篭を売りて帰り、門口に佇みしに、一団の陰火、空中を飛来りて地に落ち、たちまち一つの蛇となつて鎌首を振立て、内の方を望むと見へしが、そのたび〳〵に衣紋之介は、あな苦し

> やと悶絶して、病苦に悩む様子なれば、灯篭之介これを見て、さては主人の病は物の怪の祟りなりと、なほさら心を苦しめ、かの蛇を打殺さんとせしに、たちまち元の陰火となつて飛去りけり。

袖の化身である蛇は、衣紋之介を苦しめ続ける。衣紋之介の病は、蛇の祟りであった。蛇は袖の怨念が示現したものであって、家臣の灯篭之介には手の出しようがない。目を引くのは、蛇は陰火となって現れ、去って行くという描写である。蛇が妖しい火となってまといつくという描写は、別の場面でも繰り返される。

> (衣紋之介は)宿を取遅れて夜に入、暗さは暗し、辛じて、とある田道を行きしに、鳴子の縄に一つの蛇纏付きてゐたるが、たちまち心火となつて衣紋之介に近づくと見へしが、衣紋之介身内ぞつとして、俄に心地悪しくなり、そこに倒れて呻きゐたるが、

袖の怨念は蛇となり、怪火となって衣紋之介から離れない。遭遇すれば、苦しみのあまり立っていることすらままならないのである。これらの場面では、袖の怨みが蛇と怪火とで表象されている。どこまで行っても離れない、おそろしさと不気味さとが充溢している。

このように、『薄雲猫旧話』においては「蛇」の意味づけが明確になされている。蛇とは、袖という女の情念・執念・怨嗟といった負の感情の表象・具現である。このような蛇に対しては、並大抵のこと

では立ち向かうことができない。それでは、一方の「猫」はどのような意味を担っているのであろうか。

衣紋之介の妻である桜木は、夫の薬代を捻出するために遊女となり、薄雲と名を変えていた。このあたりから、薄雲太夫と猫の話が直接的に物語に組み込まれる。猫の登場は、次のように描かれている。

> 然るに薄雲、何時の頃よりか、ぶら〳〵と患出し、日を追つて大病となり、命も危く見へたるに、何方よりか総身白く美しき猫来りて、薄雲が側に付添ひけるが、それより次第に快く、日あらずして本復しければ、家内の者不思議に思ひ、薄雲もかの猫を寵愛し、その他にも猫を数多飼ひて、揚屋入にもこれを抱かせて道中しけるにぞ、人々珍しく思ひて、薄雲が揚屋入を見物する者多く、かの白猫は薄雲によく馴染みて片時も側を離れず、厠へ行くにさへ付いて行き、もし少しにても側を離せば、泣叫びて慕ひけるにぞ、薄雲は猫に魅入られしと噂しけり。

どこからともなくやってきた猫が、病に倒れた薄雲を救う。これが薄雲と猫との出逢いである。その後の展開は、『江都著聞集』と同じ展開である。両者を比較するためにも、共通する場面をもう少し見てみよう。猫の話のクライマックスである。

> いづくよりか一つの心火飛来り、薄雲が頭の上を廻ると見へしが、薄雲は悶絶して苦しみけるに、側を離れぬ手飼の猫、薄雲が体に擦付き泣叫び、あるひは空をきつと睨んで怒る体。怪しと窺ふ機

嫌大尽、かねて薄雲が猫に魅入れられしといふ噂を聞き、心を付けてゐたりければ、此体を見て、いよ〳〵猫の障礙に違ひなしと走出で、脇差抜いて猫の頭をはつしと斬れば、猫の頭、空中に飛上がりけるにぞ、手燭を灯してよく見れば、欄間の間に蟠りし蛇の喉に猫の頭食付てゐたりしが、蛇は一団の心火となつて飛去り、猫は頭も体も消失せて、たゞ血潮のみぞ残りける。

機嫌大尽とは、じつは衣紋之介のかつての家臣であって、廓の客に姿を変えて薄雲を守護し続ける人物である。この場面は『江都著聞集』とほぼ共通するけれども、重要な相違点が見出せる。蛇も猫も消え失せてしまって、ただ血潮だけが残っていたという点である。これまでに見てきた蛇の場面もそうであるけれども、『江都著聞集』とは異なり、『薄雲猫旧話』では怪奇幻想世界への飛翔が鮮烈な筆致で綴られている。なお、蛇に対する猫の正体は、神秘的な霊力を宿す「猫の香炉」であることが物語の末尾で明かされる。怨霊の化身である蛇に対するのは、やはり聖なる霊力を宿した特殊な猫であった。

図 4-1 『薄雲猫旧話』（山東京伝作 / 歌川国貞画）より〔所蔵 = 国立国会図書館〕

『薄雲猫旧話』では、「女と蛇」の物語が、基調低音として物語を貫いている。京伝は、薄雲太夫の話を物語に組み込みつつ、別のアングルからも物語に重要な仕掛けを施していた。薄雲をつけ狙う蛇、そして薄雲を救う猫に、物語的な背景と意味とを付与していたのである。血統や人物関係といった物語の構成もさることながら、物語を進行させる蛇と猫に特殊な背景を与えた点に、『江都著聞集』をはじめとした薄雲太夫と猫の物語からの大きな飛躍を認めることができるだろう。

おわりに

馬場文耕によって筆録された「三浦遊女薄雲が伝」は、猫を愛した薄雲の話として廓内で語られていたものであろう。この話をたどってゆけば、忠義な猫の口碑伝承にたどり着く。さらにその淵源を探ってゆくと忠犬伝説へと繋がってゆき、日本を越えて世界各地の広大な伝承世界にまで到る。猫を愛した一人の遊女の話ではあるけれども、その背景には連綿と続く広大な伝承世界が控えているのである。そして、薄雲の話は、山東京伝によって文芸作品として昇華した。そこでは、猫と蛇に新たな意味づけがなされ、新たな物語として転生する様相が認められた。付言するならば、岡本綺堂『半七捕物帳』「薄雲の碁盤」（昭和十二〔一九三七〕年）にも、薄雲の話は引かれており、昭和の文芸作品にもその痕跡を留めている。また、本話は招き猫の由来譚の一つとして人口に膾炙している。

「三浦遊女薄雲が伝」は、忠義な猫の哀話が、伝承世界から江戸という都市に入り込み、薄雲の話として変成したものと考えられる。かわいらしいだけではない、命にかえて主人を救った猫の物語。猫を愛した江戸の人々の、猫への愛情と、不思議な世界への憧憬がほの見える一話である。

※付記　本稿は、怪談文芸研究会（京都精華大学堤邦彦研究室）での発表を踏まえたものである。堤邦彦氏、北城伸子氏をはじめとして、研究会の方々にご指摘、ご教授いただいた。あつく御礼申し上げます。
本稿は、科学研究費補助金「十八・十九世紀を中心とした怪異文芸と学問・思想・宗教との総合的研究」（若手(B)研究課題番号17k13386）による成果の一部である。

〈注〉
(1)『燕石十種』第五巻（中央公論社、一九八〇年）による。
(2)平岩米吉『猫の歴史と奇話』動物文学会、一九八五年。
(3)関敬吾編『日本昔話大成』第6巻（角川書店、一九七八年）では、「忠義な犬」の項に「猫の宮」として、本話と同型の話を紹介している。なお、「忠義な犬」の話は各地に分布している。
(4)徳田和夫「彼我の「忠義な犬」」（『国学院雑誌』八十三巻十一号、一九八二年十一月）に詳細が備わる。
(5)高木元・及川季江「『烟花清談』―解題と翻刻―」（『千葉大学人文社会科学研究』十八号、二〇〇九年三月）に翻字が備わる。
(6)林美一校訂『朧月猫の草紙 初・二編』（河出書房新社、一九八五年）より翻字し、句読点を付した。なお、この記述は初版には認められず、改版されたものであるという。
(7)『退閑雑記』は『続日本随筆大成』6（吉川弘文館、一九八〇年）、『花月草紙』は『日本随筆大成』第三期1（吉川弘文館、一九七六年）によった。
(8)松谷みよ子『現代民話考10　狼・山犬 猫』（立風書房、一九九四年）「第二章 猫　話例・4　猫と大蛇」による。
(9)『山東京傳全集』第十巻（ぺりかん社、二〇一四年）による。『薄雲猫旧話』の引用は、以下も同じ。

〈コラム2〉

猫檀家――東北の猫怪談

鷲羽大介

東北地方においても猫の怪異譚は広く分布しており、猫が家族に内緒で老婆に浄瑠璃を語って聞かせるものの、秘密を暴露されたため老婆を食い殺す「猫の浄瑠璃」や、怪猫が老婆を食い殺してその老婆になりすます「鍛冶屋の婆」、盗みをはたらいた猫を殺して埋めた場所から、毒のある南瓜が実る「猫の南瓜」などがある。いずれも岩手県から宮城県にかけての三陸海岸沿岸部、漁村地帯によく見られ、漁師たちが、猫を「魚を盗む厄介者」と見ていたことがわかる。

このように、猫の怪異譚といえばその魔性による祟りの話が多いのだが、東日本に特徴的なのが、猫の報恩伝説「猫檀家」である。

一般に、恩返しをする動物といえば犬であり、猫は恩知らずというイメージが強いが、この伝説では、荒れ寺に飼われていた猫が奇跡を起こし、寺を栄えさせて住職に恩返しをするのである。

ある寺に、貧しい住職と虎猫が暮らしていた。与える餌もなくなったので住職は虎猫に暇を出そうとするが、虎猫は人間の言葉で話し始める。いわく、あす長者の家で葬式がある。そこで自分が神通力で棺を天井に吊り上げるから、やってきて「南無トラヤー」とお経めかして唱えてほしい。そうすれば棺を降ろすから。と言い残して、猫はいずこともなく去っていった。

はたして翌日、村では長者の妻が亡くなり、葬式が開かれたが、虎猫の言ったとおり棺が宙吊りとなった。近在の和尚が集まって懸命に読経をするが、棺は降りない。そこへ貧乏寺の住職がやってきて、お経に交えて「ナムトラヤー」と合言葉を唱える。すると棺はするすると降りてきて、住職は長者から多額の謝礼をもらい、また名僧として尊崇を集めるようになって寺は栄えた。

地域により、合言葉の文言などに多少の異同（「トラトラヤーヤー、チャーロチャーロ」「ナムカラタンノウ、トラヤーヤー」「トラヤトラヤ、オドセヤオドセヤ」など）はあるものの、大筋としてこのような話である。

東北地方を中心に、埼玉県や東京都に至るまで東日本には広く分布しているが、西日本にも少ないながら類話が見られる。しかしそちらでは宙吊りの棺という要素も、猫の報恩という要素も消え、怪猫の起こした暴風雨を祈祷によりおさめた、名僧の奇跡譚という色彩が濃くなっている。

いずれにせよ、猫は死体を盗んだり隠したりするという、わが国の葬制にまつわる禁忌が、この物語の背景をなしていることは間違いない。死者の枕元に魔除けの刃物を置く習慣も、猫を寄せ付けないためのものと考えられている。

死体を盗んで葬式を妨害する妖怪といえば、火車が挙げられる。もとは亡者を地獄へ運ぶ、獄卒の駆る火の車を指していた（『今昔物語』や『宇治拾遺物語』にある）が、その後、葬送の際に死体を奪う妖怪のことをいうようになった。江戸時代にはすでに、こちらの用法が定着していたようである。火車の正体は魑魅とも魍魎ともいわれるが、年を経た猫が変化したものという言い伝えも、全国的に広く定着している。鳥山石燕の『画図百鬼夜行』でも、火車は全身に炎をまとった猫のような姿に描かれている。猫は死体を奪う、というネガティブな特性を、飼い主へ報恩するために活かすのが、東日本における「猫檀家」の特徴であろう。

なお柳田国男の『遠野物語拾遺』によれば、「猫檀家」の伝説が定着している岩手県の遠野地方では、火車は猫ではなく、着物の前に赤い巾着袋を下げた、人間の女の姿をしているとされる。明治期の伝承であるが、埋葬された死体を掘り起こして食べる女、というモチーフは、フレデリック・マリヤットの『ハルツ山の白狼』やクレメンス・ハウスマンの『人狼』にも通じる、幻想文学の味わいすら感じさせる。

仙台市の南小泉には「猫塚古墳」がある。出土品がなく由来はわかっていないが、名称はこれも猫の報恩にちなんでいる。ある屋敷で飼われていた猫が、

図 C2-1　小林神社の猫塚古墳（仙台市南小泉）
本殿の左脇に猫を祀った祠がある

厠へ行こうとする妻にしつこくつきまとうので、腹を立てた夫が刀で猫の首をはねると、その首が天井にまで飛び、そこにいた大蛇に噛みついた。主人に

図 C2-2　猫塚の堂内には招き猫が奉納されている

危険を知らせようとした、その猫を祀った塚といわれている。これのみならず、宮城県では、他の地方に比べて猫を祀った塚が多く、岩手県の八基に対し、県南の丸森町を中心に、実に五一基を数える。これらは、養蚕が盛んだった地方において、蚕の害獣である鼠を駆除するために、猫を守り神として信仰していたものと考えられる。

前述した「猫檀家」の物語にも、猫塚と養蚕の結びつきを示すバージョンが存在する。気仙沼市において採話されたものである。

神通力で棺を吊り上げていた虎猫は、近在の和尚たちから法力でさんざんに攻められ、やっとのところで貧乏寺の住職がやってきたので逃げようとするが、力尽きて倒れてしまった。

虎猫が倒れていると聞いた住職が、すぐに駆けつけると、虫の息になっていた猫が、自分の亡骸はここに祀ってほしい、蚕を鼠の害から守るから、と言い残して息を引き取る。こうして建立されたと伝わるのが、岩手県陸前高田市に現存している、猫淵神社である。

日本において養蚕業がもっとも盛んなのは群馬県であるが、こちらでは猫塚は見つかっていない。「猫檀家」の伝承は群馬県にもあるが、こちらでは報恩の要素は薄くなっているためか、猫を祀るという発想はなかったのであろう。

〈参考文献〉

稲田浩二他編『日本昔話事典』弘文堂、一九七八年。
野村純一編『日本伝説大系　第2巻　中奥羽編』みずうみ書房、一九八五年。
志村有弘『日本ミステリアス 妖怪・怪奇・妖人事典』勉誠出版、二〇一一年。

© 近藤泰啓

第五章　江戸の噂と怪猫——猫はなぜ喋るのか

今井秀和

1　可愛くて怖い猫

猫の絵を多く描いた浮世絵師の歌川国芳に、「百ものがたり」と題した一枚がある。葛飾北斎による有名な連作「百物語」とは全く別のもので、鉢の中の金魚たちが百物語に興じていたところ、真上から猫が覗き込んで大パニックになる……という一場面を描いた戯画である（連作「金魚づくし」の内の一枚）。百物語とは、参加者一同が百個の怪談を披露し終わると、その場に本当の怪異が招来するという触れ込みで江戸期に流行した怪談会である。つまりこの絵は、主人公たる金魚たちにとっての〝恐怖〟の対象として、猫を描いていることになる。

化物絵も得意としていた国芳のこと、そこには金魚における恐怖の対象としての猫のイメージ以外に、人間にとっても恐ろしいものとして認識されていた化け猫などのイメージが重ね合わされていたに違いない。(1)

ただし、国芳「百ものがたり」を眺めている現実の人間にとって、そこに描かれた猫は恐怖の対象ではない。この絵を戯画として客観的に見られる点で、猫に対する恐怖は無化している。そもそも金魚も猫も、江戸人にとってはともに可愛いペットであった。

つまり、国芳の「百ものがたり」には、可愛い猫（愛玩動物）と恐い猫（怪猫）の二つのイメージが混在しており、それが一種の不思議な面白みを醸し出しているのである。そして、猫にまつわる怪談の多くには、愛玩動物でありながら不気味なイメージをも併せ持つ、「飼い猫」の一般化という文化現象が深く関わっている。[2] これは、野生動物でありつつ霊獣や動物妖怪としてのイメージを宿していた狐や狸などとは大きく異なる点である。[3]

さて、江戸期には、化け猫や猫又をはじめとした猫にまつわる怪異譚が巷で数多く囁かれていた。猫にまつわる怪しい噂の多くは江戸期に隆盛を見たのち、近代以降も各地に残る伝説や噂話（民俗学で言うところの「世間話」）として命脈を保つこととなる。[4] 現代においても「都市伝説」や「怪談実話」などと呼ばれる〝実話〟を標榜した話の中に、ちょくちょく怪しい猫の姿を確認することができる。[5] また、これらの世間話と深く関わるかたちで、近代以降の小説作品にも怪しい猫を扱ったものがある。[6]

猫にまつわる怪しい噂が最も多く記録されているメディアとしては、江戸期の文化人たちの雑記帳たる江戸随筆をあげることができよう。[7] たとえば、江戸中期の加賀に伝わる世間話を集めた森田盛昌『咄随筆』には、人が猫を産んだという生々しい噂が載る。猫が飼い主に恩返しをしたとか、逆に飼い主を喰い殺したといった話も、たくさんの江戸随筆に記録されている。ほかに、猫と狐の間に生まれたものは化け方を覚えるのが早い（根岸鎮衛『耳袋』）とか、猫が狐に二本足での歩き方を習う（西田直養『筱舎漫筆』）などといった、狐と猫の関係性を近しいものとする説も散見される。(8)

変わったところでは、毛色が紫色で人を襲う山猫の話など、「野生」の怪猫をめぐるものもある。この話は、肥前国平戸藩主だった松浦静山が文政四（一八二一）年に起筆した『甲子夜話』という随筆に、画家の谷文晁からの伝聞として書き留めたものである（『甲子夜話』巻二十の二二）。谷文晁によれば、奥州の猫には往々にして紫色をしたものがあるという（同書、巻二十の二三）。また、狢を喰う山猫の話や（『甲子夜話三篇』巻二一の一）、信州戸隠の神が供物を喰ったので疑わしく思い銃で撃つと巨大な猫だった、というような話もある（『甲子夜話三篇』巻二二の一）。

このように、ときに山猫などとも呼ばれる野生化した猫をめぐる怪異譚もあるのだが、江戸期に「山猫」と呼ばれていた本州のネコは、近代以降の生物学において分類された島嶼地域に棲息するヤマネコ（ツシマヤマネコ、イリオモテヤマネコなど）とは異なるものである。

注目すべきは、江戸随筆における猫の怪異譚の中で、巨大かつ狂暴な「山猫」の話よりも、手拭いを被って踊っていたとか人の言葉を話していたなどの、猫が人の言動を真似た話の方がずっと多いという点である。そして、人真似をする猫の多くは、飼い猫なのである。

また、江戸も中期以降になると、野良猫だが日常的に人家に出入りする「半ペット」のような存在も少なくなかったようである。江戸初期には、まだペットとしての猫が珍重されており、首に紐を付けて飼われていたが、やがて放し飼いされるようになると、人家の内外を自由に往来するようになるのである。

たとえば前出の『甲子夜話』には、猫の集まる居酒屋が繁盛した、という面白い記事がある（『甲子夜話三篇』巻六五の八）。これなども、半ペット化した猫たちを江戸の人々が可愛がっていたことの、ひとつの証左になるだろう。現代でも店主の飼い猫目当てに客が集まってくることは多く、また半ペット化した猫が日常的に立ち寄る店なども、猫好きの常連客を楽しませてくれる。

そして江戸期における「半ペット」的な猫たちも「純ペット」たる飼い猫とともに、江戸の世間話においては盛んに喋ったり踊ったりしている。首紐から放たれた猫は、野生下と飼育下の境界線が曖昧な存在であり、そのことが、江戸の怪猫譚にも深い影響を与えている。本章では、とくに「喋る猫」をめぐる怪異譚に着目し、なぜ江戸の猫怪談においては猫が人語を操るようになったのか、こうした世間話の成立背景について考えていく。

2　喋って踊れる飼い猫

猫が人の言葉を喋るというトピックは、江戸期に限ったものではない。現代においても、「おかえり〜」などと喋る猫が、インターネットの動画サイトで人気を集めている。もちろん実際に人の言葉を発しているわけではなく、ちょっと変わった鳴き方をする猫の声が、人間の耳には時に言葉に聞こえることもある、ということである。

とくに飼い主たちにとっては、愛猫の発する鳴き声が意味を持った「言葉」に聞こえやすいようだ。ペットの鳴き声を人間の言葉として解釈するのは、ウグイスの鳴き声を「ホケキョー（法華経）」と捉えるような、いわゆる「聞きなし」にも似た行為だと言えるだろう。江戸期には猫が踊るという風聞も一般化するが、これなども、ときに後ろ足二本で立ち上がり、前足で宙を掻く猫の姿を人間の踊る姿に重ねたところから連想されたものかと思われる。

猫が人間に似た行動をとったとき、そこから物語が始まる。「歌って踊れるアイドル」ならぬ、江戸の噂話に登場する「喋って踊れる飼い猫」たちの艶姿にスポットを当ててみよう。

寛延二（一七四九）年刊、神谷養勇軒『新著聞集』には、京都の淀城下の静養院という寺院で飼っていた猫のもとに、近所の大猫が踊りの誘いにやってくるという話がある。このとき、寺の飼い猫は手拭いが調達できないからと言って誘いを断った。猫どうしが人語でやりとりしている様子を見ていた住持が、手拭いをやるから踊りに行ってこいと伝えると、話を聞かれていたことを悟った飼い猫は走って逃げ、二度と戻って来なかったという。

図5-1　歌川芳幾「猫又」『新板化物づくし』（部分）（所蔵＝国際日本文化研究センター）

また、ある人が風の吹きすさぶ夜に灯火のもとで一人読書をしていると、飼い猫が「へろへろ」とやってきて手を前につかえ、「さぞ淋しく居られませう」と言った。動ぜずにキッと猫を睨んだ主人は、飼い主を思って言葉を喋るとは殊勝なこと、さあ、ともに語るべしと答えた。すると猫は主の顔をつくづくと眺めたのち、たちまち座を去ってそれきり姿を消してしまったという（平尾魯遷『谷の響』）。

同じく『谷の響』には、手拭いをくわえているところを飼い主の女に見られた猫が、驚いたようすで手拭いを放り投げると、そのまま姿を消したという話も載る。

勘定奉行、江戸南町奉行などを歴任した根岸鎮衛（一七三七〜一八一五）の『耳袋』には、喋る猫の類話二つが記録されている。まずは巻四「猫、ものを言ふこと」から。寛政七（一七九五）年のこと、江戸牛込山伏町の寺院では、建物の中で猫を飼っていたが、ある時、この猫が庭に降りて鳩を狙っている。和尚が声をかけて鳩を逃がしてやると、猫は「残念なり」と呟いた。

これに驚いた和尚は逃げる猫を捕まえて抑え込み、おのれは化け物か否か、答えなければ殺すと言って小柄（短刀）で脅した。観念した猫は、ものを言う猫は自分だけではない、十余年も生きればすべて喋るものだ、自分は狐と猫の間に生まれたから若くても喋れるのだ、と答えた。和尚はこれを聞いて猫を許すと、今まで通り寺にいてよいと告げたが、猫は三拝して出て行き、その後は見かける者がなかった。

同書巻六「猫の怪異の事」は、猫を飼うことを禁忌としている武家が、その由来について語ったもの。猫の言葉を聞くのが和尚ではなく武士、猫を脅す道具が小柄の代わりに火箸となっており話の内容には色々な違いも含まれているが、猫が「残念なり」と呟くところは全く一緒である。

猫、犬、狼などに関する生態と伝承の双方を研究していた平岩米吉は、さきに紹介した『新著聞集』の話を例にあげた上で、猫が人語を喋る話は、猫が手拭いを被って踊るという話に関連して登場したものだろうと推察している(9)。

ところが、猫が喋る話を集めた上で、やはり江戸期に流行した「犬が喋る話」と比較してみると、どうやら両者が浅からぬ関係にあることが分かってくるのである。重要なのは、犬や猫のおしゃべりを聞いていた人物の多くが、僧侶などの寺院関係者であるという点である。

3　寺院と飼い猫

『新著聞集』や、『耳袋』の「猫、ものを言ふ事」において猫が喋るところを目撃したのは僧侶であった。一方で『谷の響』や『耳袋』の「猫の怪異の事」のように、同様の構図を持った話でありつつ、僧侶以外の人物が目撃者になるものもある。しかしながら、猫や犬の転生譚を一つのポイントとして考えると、目撃者を僧侶としていることには、どうやら古い仏教説話の形式が流れ込んでいるように思われるのである。この問題については後で述べよう。

さて、「猫檀家」と呼ばれる昔話は、寺の猫が飼い主たる僧侶に恩返しをするというものである。実際、寺で猫を飼うことは、一般家庭で猫を飼うことよりも古い歴史を持つものだったようだ。一説には、中国から日本に経典の類を輸入した際、大事な経典が鼠に食われてしまうのを避けるため、船に載せてきた猫が日本に棲みついたともいう。

もっとも、最新の考古学の成果にあっては、弥生時代後期の一〜三世紀において、すでにイエネコが日本にいたことが分かってきてもいる。日本における猫の起源と分布の過程、そして人との関わりの変遷については未だ不明な点が多いが、寺院というファクターは、猫をめぐる人獣交流史の中でも無視できない重要な要素だと言える。

猫について考えるためには、犬や鼠など、猫に関わりの深い動物についても目配せしておく必要がある。中世の『平家物語』には、恨みのあまり鼠に変じて経典や仏具を食い荒らした頼豪という三井寺の僧侶のエピソードが記される。現代の妖怪好きの間では、江戸期の鳥山石燕がこの説話に材を取り、「鉄鼠(てっそ)」という名を与えて『画図百鬼夜行』シリーズの中で絵画化したことが有名である。

頼豪阿闍梨の伝承は、逆説的に寺院の天敵が鼠という害獣であったことを示しており、そして暗に、寺院における鼠対策の重要性を示しているとも言えるだろう。[10] 実際、江戸の世間話には、寺院に入り込もうとした大鼠の妖怪を退治しようとして寺の飼い猫が討ち死にし、これを惜しんだ僧侶が「猫塚」を作って供養するという話がある（前出『谷の響』）。江戸期、同様の世間話は多く、これは近代以降の在地伝承としても各地に残っている。

また、中世文学研究者の田中貴子は、室町期以降の禅僧が猫を詠み込んだ漢詩を多く作っていることに着目した上で、禅宗で用いられる一種の「たとえ話」としての意味を越え、実際に猫を飼っていた僧侶が多かったことを指摘している。[11] このように、寺院および僧侶と猫とは、少なくとも中世から江戸期にかけて浅からぬ因縁を持っていたのである。

さて、江戸期の仏教説話には、人語を喋る犬に関するものが多く見られる。多くの場合、犬は飼い主の夢枕に立って人語を喋る（鈴木正三『因果物語』など）。そして、その飼い主というのが、少なからぬ例においては僧侶などの寺院関係者なのである。猫が喋る世間話において、たびたび寺院関係者がその目撃者となっていることも、おそらく仏教説話における「人語を喋る犬」の影響を受けているものと考えられる。以下に、想定され得る影響関係を整理してみよう。

筆者は以前、犬が伊勢参りをするという風聞をとりまく要素のひとつに、人が犬に転生する仏教説話があると推測したことがある。[12] 江戸期には、伊勢参りの道中に、「参宮」と書かれた札や銭刺しなどを首から提げた犬が実際に歩いており、一種のマスコットキャラクター的な役割を果たしていた。当初これらは、街道を往く犬を指して自然発生的に「伊勢参り」という属性が付与されたもののようだ。しかし、時を越えてあちこちに同様の犬が記録されていることに鑑みると、伊勢参宮の宣伝活動を担う御師や山師などがこの噂をコマーシャル的に利用したことがうかがえるのである。

さらに、阿波国のとある犬が伊勢参りを志した理由を説く世間話においては、犬が飼い主の夢枕に立ち、伊勢参りを許して欲しいと告げるのである（津村淙庵『譚海』）。そこには、近世の仏教説話集に多く見られる、人から犬への転生譚の影響を認めることができる。

そもそもの仏教説話においては、寺院で飼われていた犬が僧侶の夢枕に立ち、自分の前世が人であったことを告げて回向を願うという一定の型式であったものが、「教化」という役割を離れた世間話に至ると、舞台が次第に寺院および僧侶から離れて、庄屋などの飼い犬が主人の夢枕に立つというかたちに変容していくことになるのである。

本稿で紹介した以外の『耳袋』所収の話などにおいて猫が主人の夢枕に立って喋るのも、こうした説話の系譜上に位置しているが故のことだと推測される。

怪猫をめぐるさまざまな要素――寺院の飼い猫、飼い猫を誘いに来るよその猫、猫どうしのお喋り、大鼠退治による寺への猫の恩返し――を含む世間話を載せるのが佐々木貞高（為永春水）『閑窓瑣談』である。きわめつけに、同書における寺の飼い猫は、よその猫から〝伊勢参り〟に誘われるのである。こうした話の存在なども、犬の転生や伊勢参りと、喋る猫との説話的な関連性を裏付けているように思われる。

4　猫の転生――喋る猫の背景

動物や、動物のイメージを宿した妖怪が人語を喋る話は数多い。たとえば江戸期には、馬が人の言葉を発して、ある種の予言をする世間話がたびたび流行した。あるいは、人面牛体の「件（くだん）」という妖怪が、親牛から生まれてすぐに悪しき予言を吐き、まもなく死ぬという奇怪な世間話も、江戸後期に隆盛を見たのち近代以降の戦時などにもたびたび流行している。

しかし、これら全てが直接的に仏教説話の影響下にあると断じることはできない。喋る馬や件の背後には、予言を行なう霊獣という文化的な素地があるからである。また、たとえば狐が喋る場合、そこには稲荷神の神使たる霊獣のお告げとしての意味合いを想定しておく必要があろう。

ただし、さきほど述べたように、猫が喋る話に関しては、そこに仏教説話、とくに犬が僧侶の夢中に現れて喋る説話からの影響が流れ込んでいることを意識すべきである。その理由は、猫が喋る場面を目撃した者が、僧侶をはじめとした寺院関係者であることが多い点にある。

江戸随筆には、もっと直接的に、猫が人に生まれ変わったという世間話も記録されている。三河国挙母（ころも）の郷、神竜寺の猫はたびたび外に出て行方が分からなくなるので、僧侶が「神竜寺猫」と書いた紙を首に結び付けておいたが、やがて猫は死んでしまった。神竜寺ではこれを憐れんで手厚く回向した。さて、挙母から少し離れた岡崎で生まれた女児の背中に、「挙母神竜寺猫」と読める痣があった。不思議に思った家族が調べてみると、神竜寺の飼い猫が女児に生まれ変わったことが判明したのである。その後、女児は尼僧になったという（天野信景『塩尻拾遺』）。

人が猫に転生する説話のルーツは古く、日本最古の仏教説話集である『日本霊異記』にはすでに、慶雲二（七〇五）年にあったこととして、豊前国（現在の福岡県東部）の男が死んだ後に猫に生まれ変わり、自らの息子に飼われることになったという話が記録されている。このように、江戸期における「喋る猫」たちの背後には、仏教的な輪廻転生譚の影響が認められるのである。

もちろん、江戸期の世間話における「猫が喋る」という話の発生自体には、すでに触れたような、動物の声の「聞きなし」にも似た発想などもあったことだろう。あるいは単純に、霊妙な力を宿するようになった動物は人語を介する、という発想があったかもしれない。

筆者がここで言おうとしているのは、猫の喋る理由を全て仏教説話からの影響に帰そうというものではない。そうではなく、喋る猫の世間話が流布したのち、「なぜ猫が喋るのか？」という疑問点を核として、仏教説話的な転生の発想がそこに合流した可能性を問いたいのである。その際、直接的に参照された情報源は、中世から江戸期にかけての仏教説話で広く語られていた、人から犬への転生譚であったものと推察される。

江戸随筆に記録された世間話に、さきにあげた『塩尻拾遺』の転生譚のような、きわめて仏教色の強い世間話が見受けられることからも、喋る猫に、その前世が人であったという可能性が隠されていたことを看取することができる。だからこそ、こうした世間話に登場する一部の僧侶は、猫の喋る様子を目撃してもいたずらに動揺しなかったのであろう。『耳袋』の和尚も、一度は驚いて斬り殺そうとするものの、猫による説明を聞いたあとにはこれを許している。

犬や猫の転生を目の当たりにした僧侶には、本来、輪廻転生の理を知る仏教者ならではの説話的役割があったはずである。ただし、犬とは異なり、人語を喋っていたことを僧侶に聞かれたと察した猫は寺を後にしてしまう。寺を立ち去る猫の後ろ姿には、僧侶の夢中に現れて自ら人語を発し、回向を願う犬との間の説話的構造の差違が刻印されている。

どこか刑事ドラマにおける犯人と刑事の関係を想起させる構図だが、犬は僧侶の前で一切の過去の罪障を自白して回向を希望する。一方の猫は僧侶に来歴を隠して日常生活を送ろうとするものの、正体がバレたと判断するや、突如失踪するのである。

猫をめぐる怪異譚の特徴の一つは、実に、「居なくなる」というシンプルな行動にあった。江戸の世間話における怪猫たちは、実によく喋り、よく踊る。そして、ふと居なくなる。猫の「不在」が物語の中でひとつの意味を持ち得るのは、普段は飼い猫として人間の側に居るからである。そこには、実際に寺院や家庭で飼われており、野生と飼育の境界を行き来していた猫の行動に基づく、説話的・民俗的な人間の発想力を見出すことができるだろう。

さて、ちょうどこの原稿を書き始めた頃からなのだが。かれこれ十数年来の付き合いになる、我が家にしょっちゅう出入りしていた近所の黒猫がめっきり姿を見せなくなった。色々な意味で一抹の不安を抱きつつ、筆を擱く。

〈注〉

（1）猫の妖怪については、すでに以下の小稿でも簡単な解説を行った。今井秀和「猫の妖怪」小松和彦編『図解雑学日本の妖怪』ナツメ社、二〇〇九年。

（2）日本史に登場する猫については以下を参照。桐野作人編著『猫の日本史』（歴史新書）洋泉社、二〇一七年。絵画資料に描かれた飼い猫については以下の研究が詳しい。藤原重雄『史料としての猫絵』（日本史リブレット79）山川出版社、二〇一四年。

（3）猫を含むペット全般に関する霊的イメージの変遷については以下拙稿を参照。今井秀和「ペットの憑霊　―犬馬の口寄せからペットリーディングまで―」伊藤慎吾編『妖怪・憑依・擬人化の文化史』笠間書院、二〇一六年。

（4）江戸随筆や近代以降の各地の伝承から、猫に関する怪談奇談を集めた労作としては以下のものがある。谷真介『猫の伝説116話　家を出て行った猫は、なぜ、二度と帰ってこないのだろうか?』梟社、二〇一三年。

（5）現代の猫怪談に関しては、たとえば以下のアンソロジーを参照。黒木あるじ・我妻俊樹他著『猫怪談』竹書房、二〇一六年。

(6) 小説その他の日本の作品については以下のアンソロジーを参照。東雅夫編『怪猫鬼談』人類文化社、一九九九年。また、東西の文学や民俗における猫の怪談については以下の雑誌特集を参照。『幻想文学』第五二号(特集「猫の妖、猫の幻」)、アトリエOCTA、一九九八年。『幽』第五号(第一特集「猫の怪」)、メディアファクトリー、二〇〇六年。

(7) 紙幅の都合上、基本的に本稿では本文を引用せず出典も明記しないが、紹介した江戸随筆の多くは『日本随筆大成』に収録されている。『耳袋』については岩波文庫の上中下巻を、『甲子夜話』については平凡社東洋文庫の全二十巻を参照した。江戸随筆中の猫の怪の検索にあたっては、国際日本文化研究センターがウェブ公開している「怪異・妖怪伝承データベース」のほか、柴田宵曲『随筆辞典』第四巻(奇談異聞編)や太田為三郎『日本随筆索引』正・続その他の各種索引、拙稿「『甲子夜話』怪異・奇聞一覧(附索引)」『日本文学研究誌』第五輯(大東文化大学日本文学専攻、二〇〇七年三月)などを用いた。

(8) 大木卓は、狐と猫とが夫婦になるという伝承の背景に、両者の交尾期や交尾の際の鳴き声などの共通点が関係している可能性を説いている。大木卓「失せ猫が戻る呪」『猫の民俗学 増補』田畑書店、一九七五年。

(9) 平岩米吉「猫股伝説の変遷」『猫の歴史と奇話』精興社、一九八五年。平岩には以下の書籍に収録される簡にして要を得た「にっぽん・ネコ変遷史」という論考もあり、そこでは各種の猫の怪についても記される。今泉吉典・今泉吉晴『ネコの世界』平凡社カラー新書、一九七五年。

(10) 鼠の怪については以下小稿を参照。拙稿「鼠」小松和彦監修、小松和彦・常光徹・山田奨治・飯倉義之編『日本怪異妖怪大事典』東京堂出版、二〇一三年。

(11) 田中貴子『猫の古典文学誌 鈴の音が聞こえる』講談社学術文庫、二〇一四年(『鈴の音が聞こえる 猫の古典文学誌』淡交社、二〇〇一年初版)。

(12) 拙稿「犬の伊勢参りと転生」『日本文学研究誌』第七輯、大東文化大学日本文学専攻、二〇〇九年。同「犬も杓子も伊勢参り」『怪』第三四号、角川書店、二〇一一年一一月。

〈コラム3〉

江戸怪談の猫――猫と狸と

門脇 大

奇妙な混同

江戸怪談の中には、じつに多くの動物たちが登場する。蛇、狐、狸、猿、牛……そして、本書で取り上げている猫もその例に漏れない。動物たちの江戸怪談は、それぞれに多様な背景や歴史を担いながら、江戸という時代に独自の怪異文芸を開花させた。それらの中でも、猫は特に人々に愛された動物といえるだろう。鼠を捕るという実用的な面から離れて、愛玩動物としてもてはやされ、さまざまな書物に描かれた動物はそうはいないだろう。愛らしい猫であるけれども、ひとたび怪談の世界に足を踏み入れると、妖しく怖ろしい一面を見せる。[1]

ここでは、江戸時代初期の怪談集に現れる猫たちを見てみよう。中世以前のハナシの世界を継承しつつも、新鮮な江戸怪談の萌芽を感じさせる怪談の世界である。江戸時代初期の怪談集においても、化け猫の話は散見する。どれも興味が尽きない話であるけれども、とりわけ奇妙なのは、猫と狸の混同が認められる話である。

家狸と野猫

猫と狸との親和性、あるいは互換性は古くから認められる。それは、漢字の「狸」が猫を意味する、という文字の問題として考えられている。[2] 日本においては、猫と狸との混同は、古くは『日本霊異記』(八二〇年頃成)の時代から確認される。しかし、そのような大昔の話はいったん置いておいて、ここでは江戸時代に焦点を絞って見てみよう。

まずは、江戸時代の一般的な認識を確認することからはじめよう。たとえば、広く読まれた百科事典である寺島良安『和漢三才図会』(正徳二〔一七一二〕年刊)を繙(ひもと)くと、巻三十八「獣類」には、猫と狸とが次のように立項されている。[3]

図 C4-2 『和漢三才図会』狸の項（左）と猫の項（右）〔所蔵＝国立国会図書館〕

猫（ねこ／ミヤウ） 音苗／家貍／金花猫（ネコマタ）／出二月令廣義一猫為レ妖（ヨ）者也／和名祢古萬

貍（たぬき／リイ） 音釐／野猫／貄子／和名太奴木

ここには、明らかに漢字による混同が認められる。猫は「家狸」、狸は「野猫」と記されている。猫と狸との混同に関しては、中村禎里『狸とその世界』に詳しく論じられている。[4] 同書によれば、中国においては「狸」字は、ヤマネコや野生猫を示しており、日本においても狸は猫をはじめとした他の動物と混同されていたという。そして、字書や辞典の記述はもとより、民話の中でも狸と猫とはしばしば混同されていたという。このような状況を踏まえるならば、漢字という文字によって引き起こされる両者の混同という事態は、十分に納得できる。しかし、本当にそれだけであろうか。民話や物語を読み進めていった場合には、文字によって引き起こされた混乱だけではないように思われるのである。

『宿直草（とのいぐさ）』より

江戸怪談の中には同じモチーフを持つ話が散見する。それらは、登場人物や場所などが異なるけれども、きわめて似た話である。このような話を次に見てみよう。そうすることで、猫と狸との関係を考える端緒となると考えられるからである。

ここでは、近世初期の怪談集である『宿直草』（延宝五〔一六七七〕年刊）巻四の第一「ねこまたといふ事」をとりあげる。それは次のような話である。[5]

摂州萩谷（はぎたに）（現大阪府高槻市萩谷）の安田の某（なにがし）という者は、「のたまち」という狩りを好んでいた。のたまちとは、猪が山から里に下りてきた痕跡を探って、再びやってきた猪を弓や鉄砲で狙う、という狩猟方法である。ある夜、安田某が猪を待っていたところ、母親が自分の名を呼びながらやってくる。不審に思って用心しているけれども、母の声に相違ない。逡巡の末に、思い切って弓を放ったところ、母に命中した。しかしながら、自分を呼びながら帰ってゆく声は、いよいよ母の声である。いてもたってもいられず、夜が明けて調べてみると、血糊は母の居宅まで続いているではないか。急ぎ入ってみると、母は何事もないようにしている。安堵しつつ血の跡を追うと、床下に続いていた……

以下は原文を引こう。

母に様子語りて、簀の子の下尋ぬるに、母常々（つねづね）秘蔵せし虎毛（とらげ）の猫死し居たりとなり。是猫又（ねこまた）か。

血痕の主は、母親が秘蔵していた虎毛の猫であった。筆者は、これは猫股か、と疑問を呈している。さらに、この話の末尾には、次のような筆者の述懐が記されている。

父母在すときは遠く遊ばざれ、遊ぶ事必ず方（みち）ありと云へり。実（まこと）の母ならば、此の人如何に面無（おもな）からん。事の急なるには、徒歩（かち）はだしにも来べきをや。猫なりしは此の人の仕合せなり。心あらん人聞き咎めずやあらん。

この箇所の冒頭は、『論語』里人篇「父母在、不二遠遊一。遊必有レ方」の引用である。猫であったからよかったものの、本当の母親であったら、この人はどうするつもりだったのか、という教訓的な言辞で結ばれている。

『曾呂里（そろり）物語』より

さて、この話の類話はいくつか指摘されているけれども、ここでは刊行時期の近い『曾呂里物語』（寛文三〔一六六三〕年刊）巻二の二「老女を猟師が射たる事」、巻三の五「猫またの事」をとりあげる(6)。まず、両話のあらましを確認しておこう(7)。

「老女を猟師が射たる事」は次のような話である。

伊賀国南張（なんばり）（現三重県志摩市）の話である。山里で夜な夜な人が失せるという怪事が発生する。ある猟師が、夜に山に入ろうとしたところ、齢百を超えたような妖しい老婆と遭遇する。猟師は老婆を射貫き、明け方に血の跡を追ったところ、荘屋の母親の居宅に行き着いた。訪ねると、母は昨夜から体調を崩して人に会わないという。押し入ったところ、母は雷電のように飛び出していった。猟師の矢は食い折られて、軒に挿してあった。そして、部屋の中は血だらけであって、床下を調べてみると人骨の山であった。近在の者たちが山々を調べてみると、大きな洞穴の中に、大きな「古狸」が胸板を射貫かれて死んでいるのを発見した。荘屋の母を食い殺して、母になりかわっていたものであろう。

続いて、「猫またの事」を見てみよう。

山村のことである。ある男が「ぬたまち」という狩りを行なっていた。ぬたまちとは、山から下りてくる鹿を庵の中で待ち伏せする狩猟方法である。男が鹿を待っていると、深夜であるにもかかわらず妻がやってきた。男は化物だと考えて、妻の胴中を射貫いた。早々に帰宅すると、血糊が自宅の門口まで続いているではないか。あわてて入ってみると、妻は平然としている。血痕をたどってみると、年老いた「飼い猫」に続いていた。猫は長く飼うものではないという。

この「猫またの事」には、『今昔物語集』巻二十七「猟師母成鬼擬噉子語第二十三」をはじめとして、化物の正体を老母とする型の類話が存在する。それらとの関係も考察しなければならないけれども、ここでは猫の怪談として見てゆく。

猫か狸か

『宿直草』の話が『曾呂里物語』の二話と密接な関係があることは一目瞭然であろう。特に、「猫またの事」では「ぬたまち」の説明が記されており、『宿直草』との親和性が明瞭に見て取れる。ここで考えてみたいのは、化物の正体が異なる点である。

『宿直草』では「猫また」であって、『曾呂里物語』においては「古狸」、「猫また」であった。すでに述べたように、猫と狸とは「狸」の漢字によってしばしば混同されるという傾向があった。この場合もそうであろうか。いや、このような民話を想起させる怪談に、文字による混同という事態を想定することは難しい。単純な混同という事態よりも、何かしらの意味があったのではないか、と考えられる。似通った話であっても、猫と狸とそれぞれの伝承があったのではないだろうか。そこには、人々が山で魔性と接触した際に抱く恐怖の心象風景が仄見える。狸が山を主要な活動域としていることは疑いがないけれども、『宿直草』の一話と「猫またの事」は、飼い猫が猫股となって出現する話であった。山中で遭遇する化物は、じつは家中にいたのである。

このように読み解いてみた場合、単純な類話関係と割り切ることはできないだろう。猫と狸とでは、人との親和性に大きな隔たりがある。人に災いをもたらす猫は、山という異界ではなくて、日常の中に潜んでいた。身近な存在である猫は、愛らしい動物でありながらも、時に狸と同じような魔性を我々に見せつけるのである。魔性の正体が身近な存在だったのか、否か。これらの話を読み解く上で、この差異は大きなものだろう。

ここでは、『宿直草』の一話を軸にして、江戸怪談の猫と狸との関係の一端を見てきた。細かな相違点といえばそれまでである。しかし、説話の世界で猫と狸とがしばしば混同されるという事実を踏まえてみた場合、そこには考察の余地が十分に残っている。それは、「狸」という漢字が猫をも表す、というような単純な問題ではないだろう。

猫と狸との相違がある類話を読み比べてみることによって、その怪談を伝承してきた人々の姿が垣間見えてくる。同じような話であっても、一方では猫の怪談として語り、またもう一方では狸の怪談として語っていたのであろう。そこには、身近な飼い猫が妖魔となるのか、山という異界の狸が魔性を発揮するのか、という大きな違いが認められるのである。

〈注〉

（1）佐伯孝弘「近世文学における怪異と猫」（『清泉女子大学人文科学研究所紀要』三十四号、二〇一三年三月）に、近世怪談における猫が広く集められている。
（2）今村与志雄『猫談義』（東方書店、一九八六年）「七猫か狸か」に詳しく論じられている。
（3）国立国会図書館蔵本による。改行は／で示した。
（4）中村禎里『狸とその世界』（朝日新聞社、一九九〇年）を参照。
（5）高田衛『江戸怪談集（上）』（岩波書店、一九八九年）を参照した。
（6）湯浅佳子『近世小説の研究』（汲古書院、二〇一七年）第一部第三章第二節「『曽呂里物語』の類話」に類話が整理されている。
（7）高田衛『江戸怪談集（中）』（岩波書店、一九八九年）を参照した。

第三部

怪猫(かいびょう)をめぐる民間伝承・芸能

弘化四年七月市村座上演、三世尾上菊五郎の怪猫
『日本戯曲全集 第十一巻 鶴屋南北怪談狂言集』より〔所蔵＝国立国会図書館〕

第六章　猫は化けるが役に立つ――猫をめぐる民俗

飯倉義之

1　猫はなにゆえ化けるのか

猫はかわいい。そして、かわいいは正義だ。二〇一〇年代半ばから日本には猫ブームが来ている。猫カフェや猫グッズが街にあふれ、ペットとして飼われている頭数でも猫の飼育数は犬の飼育数に並ぼうとしている。犬の飼育数の減少傾向からすると、逆転する日も近いのかもしれない。猫は愛されている。と同時に、猫は化ける。これは日本の民俗文化において広く共有される信念である。猫は愛らしいペットであると同時に、禍々しい化ける動物なのである。

平成元年前後に若者に流行した都市伝説があった。「ある人が夜、車を運転して黒猫をはねた。しまったと思ってそのまま走っていると、後ろから仔猫をくわえた大きな黒猫が、ぎらぎらした二つの光と共に追いかけてくる。驚いてアクセルを踏むが黒猫はどんどん近づいてくる。前の信号が赤に変わる。ああもうだめだと思って車を止めると、黒猫も止まった。後ろを走っていたのはクロネコヤマトの宅急便のトラックだった」という話だ。ヤマト運輸が昔用いていた、仔猫を運ぶ親猫のクロネコマークを見間違えていた、というのがオチとなるこの都市伝説は「猫は化けたり祟ったりする動物である」「猫の祟りは恐ろしい」という合意が話し手と聴き手の双方にないと成立しない。現在においても、怪談実話等において猫にまつわる怪異譚は成立している。猫の魔性は健在だといえるだろう。

民俗社会においても猫は性が強いものとして、民間宗教者などが祟りの原因に比定してきた。こうしたイメージの先に本書が対象とする「化け猫」「怪猫」の物語が成立するのだろう。化け猫譚は近世に有名となった佐賀・鍋島、歌舞伎芝居の舞台となった愛知・岡崎が有名だが、他に熊本・人吉で謀反の讒言の巻き添えで殺された、普門寺の住職・盛誉の母の無念の呪詛を受けて相良氏に祟った化け猫・玉垂や、美女に化けて新領主・三村家親を害そうと近づいた岡山・成羽の大化け猫、奉行の非道な裁きを受けて自害した庄屋惣兵衛の妻・お松の飼い猫が敵を打たんと、奉行その他の家に祟りをなした、そのお松と猫を祀った徳島・阿南のお松大権現など、各地にお家騒動に関わる化け猫の伝説がある。

古くには吉田兼好『徒然草』（鎌倉時代末期成立）にも記された「猫又」があるように、日本の文化においては猫は、化け、祟る存在だと思われてきた。そこから歌舞伎芝居における「化け猫もの」、その系譜をひく昭和の戦前から戦後期にかけて人気を博した「怪猫映画」、水木しげる『ゲゲゲの鬼太郎』の主要キャラクターとして活躍する「猫娘」や、化け猫作品の影響も少なからず受けているはずのマンガ・アニメの「猫耳キャラ」が出現する。猫の化けるイメージは、現代日本の文化まで強く影響しているのである。

2　猫と踊りと三味線と

大名家に仇なすまでの大物でなくとも、村ごと家ごとに猫たちは化け続けていた。昔話「猫の浄瑠璃」では、家の者が旅芸人の浄瑠璃（または歌舞伎芝居）を見に行き、一人留守番に残された嫁（または老婆）に向かって、猫が突然「退屈だろうから浄瑠璃を語ってやろう」と人語を話し、浄瑠璃を見事に語る。猫は聞きほれる嫁に、このことは秘密だと念を押す。ところが家の外で歌声を聴いていた家人が嫁を責め、猫の所業を聴きだしてしまう。猫は秘密を話した嫁の喉笛をかみ切って殺し、姿を消す。

もう少し優しい猫もいる。新潟に伝わる昔話「猫芸者のおけさ」では、貧しい老夫婦に大事に育てられた猫が芸者に化けて身売りし、爺婆に報恩する。おけさと名乗った猫の芸者は評判となるが、魚を見て目の色を変える、行灯の油をなめるなど猫の本性を見せてしまい、目撃した客をかみ殺して逃げたり、店の者に退治されたりする。そのおけさの得意とした唄が民謡「佐渡おけさ」だという、民謡の由来譚になっている。

猫はまた、集まって踊る。昔話「猫の踊り」の筋はこうだ。ある家でたびたび手ぬぐいがなくなる。不思議に思っているとある夜、家の主人が村はずれで猫の集会を見る。たくさんの猫たちが、銘々手ぬぐいを持ち寄っている。一匹が「何某の猫は遅いなあ」と口走るが、何某とはまさに通りがかりの男の家だ。家の猫がやってきて「今夜は主人が留守で飯が出るのが遅かった。熱い飯をあわてて食って、舌をやけどした」と猫舌でぼやいたかと思うと音頭を取って歌い出し、猫たちが踊り始めた。その後は、猫が主人に気づいて逃げ出し二度と帰ってこなかったとか、帰宅した猫に「踊りは面白かったか」「おまえの分の手ぬぐいをやろうか」などと話しかけたら、そのまま行方をくらましたという。

この話は特定の場所を指定しない昔話として語られるほか、各地で在地の事物や地名と結びついた伝説としても話されている。たとえば群馬・新里では竜興寺の飼い猫の仕業といい、千葉・富浦では庄屋の勘解由（かげゆ）どんの猫だったとする。神奈川・戸塚では猫が踊った場所が「踊り場」という地名になったという地名由来の伝説となっていて、横浜市営地下鉄の踊場駅（図6-1）には猫をモチーフとした意匠がしつらえられている。かようにに猫は歌舞音曲に巧みなのである。

図6-1　横浜市営地下鉄、踊り場駅のステンドグラス（撮影＝筆者）

こうした猫と芸能の関係性は一八世紀には確立していた。『化物尽絵巻』（一九世紀初）には着物を着て三味線を弾く「猫また」（図6-2）が、鳥山石燕『画図百鬼夜行』（一七七三）には手ぬぐいをかぶって踊る「猫また」（図6-3）が、それぞれ描かれている。猫と芸能の関連は深いといえる。一つには、近世期の芸能には欠かせない楽器であった三味線の皮に猫の皮を使うことがあるだろう。その縁で「猫」は芸者を指す隠語であったし、親猫の皮が張られた三味線を慕った子猫が男に化けて清元の師匠の家に上がり込む古典落語「猫の忠信（猫忠）」の発想の元ともなった。猫は芸

図 6-2　北斎季親「猫また」(『化物尽絵巻』より。所蔵＝国際日本文化研究センター)

図 6-3　鳥山石燕「猫また」『画図百鬼夜行』(部分)

能と縁深い動物なのである。

猫の生態も猫と芸能を結びつける。猫が後ろ脚だけで立ち上がり、前脚で猫じゃらしや手ぬぐいにじゃれる様子は、手踊りを踊る姿と重なる。その習性を利用して、「猫じゃ猫じゃ」という見世物まであった。後ろ足で立ち上がった猫が三味線の音に合わせて踊るという見世物なのだが、この仕込みは少々残酷だ。猫の後ろ足だけを布でくるみ、三味線を聴かせながら熱した鉄板の上におく。猫は前足が熱いので後ろ脚だけで立ち上がり、バランスをとろうとする。これを繰り返すと「パブロフの犬」ならぬ「猫じゃ猫じゃの猫」となり、三味線の音をきくだけで立ち上がるようになるのだという。体の柔らかな猫の立ち居振る舞いは芸能を連想させる。それも花柳界との縁を強めたのであろう。

3　猫は招くよ働くよ

花柳界と猫のつながりのシンボルといえば、ご存知

「招き猫」である。現在では風水思想に基づいたとされる色とりどりの招き猫が販売されていたり、アジアやハワイにも招き猫俗信が輸出され、ご当地招き猫を生んでいたりする。招き猫は多様化しているのだ。

招き猫については本書の「おわりに」に譲ることとして、近世以降都市部を中心に、猫を象った縁起物が商売繁盛の御利益のアイコンとなってきたことは論を待たない。しかし、猫の像を祀る信仰はそれ以前から脈々と受け継がれていた。猫は養蚕の守り神として日本各地で祀られていたのである。近世から盛んとなり、近代には日本の輸出産業を支えた生糸の生産は「オカイコサマ」と尊称された蚕の繭の出来にかかっていた。その蚕を害する鼠を駆除してくれる蛇と猫は、養蚕農家には感謝する対象となる動物だった。

埼玉県の秩父地方の山村で農業の害獣である鹿・猪を駆除してくれる狼が信仰の対象となったように、養蚕地域では猫や蛇が信仰の対象となった。各地に猫を描いた石碑が残るほか、新潟・栃尾の南部神社（猫股神社）や山形・高畠の猫の宮、群馬・吉井の猫地蔵、鳥取・湖山の猫薬師などが養蚕にご利益のある神仏として祀られている。特に湖山の猫薬師は、実物の猫のミイラを祀っていることで有名である。伏野長者の一人娘と猫が行方不明になり、後に猫の死骸のみが湖から流れ着いたものを祀ったとも、没落した湖山長者の祈願所にどこからか参ってくる猫がいて、それが厨子の下で息絶えていたので納めたのだとも言うが、神仏に縁ある猫が鼠退治の御利益をもたらすという点は同じである。

猫は絵に描くだけでも効果があると思われていた。新田氏の流れを汲み、近世には群馬・新田を所領とした岩松氏の領主が描く猫絵が鼠駆除に効用があるとありがたがられ、「猫絵の殿様」として名高かった。「猫描き坊主」といわれた僧・白仙の猫絵や、浮世絵師・歌川国芳の猫絵も、貼ることでの鼠駆除の効用を期待されたという。

こうした猫絵の効能は昔話「絵猫と鼠」などでも語られる。猫の絵を描くばかりで修行をしない小僧が寺を追い出され、廃寺で猫絵と共に一夜を明かす。夜半に何者かが格闘する音がして小僧は命からがら床下や納戸に逃れる。翌朝見ると本堂で大鼠が死んでおり、絵に描いた猫たちが破れ傷ついていた。小僧は化け鼠を退治したことでその寺の住職として迎えられたという、猫絵の徳をベースにした昔話である。

化け鼠を退治した猫の伝説もある。静岡・御前崎にかつてあった遍照院という寺の住職は拾った子猫を大事に育てていた。ある時、住職が旅僧に宿を請われて寺に泊めたところ、夜中に本堂で何者かが格闘する激しい物音が起き、明け方まで続いた。朝、住職が確かめると、飼い猫が大きな化け鼠を噛み殺し、自身も息絶えていた。住職が忠義な猫を祀ったという猫塚が今に伝わる。猫には鼠駆除という実用性が期待されてもいたのである。

こうした猫のプラス面は、愛された猫が恩返しをするという説話として結晶した。先に紹介した昔話「猫芸者のおけさ」の他、猫が命を賭して主人を守る昔話・伝説の「忠義な猫」や、飼い猫が家事をしてくれ、伊勢参りをして人間の女になって帰ってきて男に報恩する昔話「猫女房」ほか、猫の報恩譚も多い。現代においてはスタジオジブリのアニメーション映画『猫の恩返し』（二〇〇二）にも通じる猫と人との交渉がある。

猫はその可愛らしさと無害さを愛玩される動物でありながら、その肉食獣の本能を発揮しての鼠駆除という実益を期待される動物だった。これもまた猫の両義性ということができる。猫は家の中にいるかわいらしい、油断ならぬ肉食獣なのである。

4　猫と葬式、そして火車

猫が油断ならない存在であるということは、日常における非‐日常の時間において露わとなる。死者が出来した時の猫の民俗がそれである。民俗文化においては、猫は死体に近づけてはいけない動物として全国的に知られている。なぜならば、猫は死体に乗り移り、操る存在だからである。猫が死体を操るという観念は広く共有されている。死者が出た家では猫を死者に近づけることなく、盥（たらい）に閉じ込めたり、他家に預けたりせねばならない。死者に供える守り刀も、猫に対する用心だと説明する土地が多い。猫は死体に魂を入れ、操ることができると考えられていた。猫は死者と近しい存在なのだ。

それゆえ猫は「火車」の正体と考えられるようになったといえる。火車は「火の車」と書くように、燃え盛る牛車もしくは荷車である。日本の仏教唱導において、閻魔王による罪の裁定の必要もないほどの罪を犯した死者を地獄から直接に迎えに来る、鬼が曳く燃え盛る車として、とりわけ地獄絵の絵解きで強調された。転じて経済状況が逼迫（ひっぱく）している様を表す慣用句ともなったが、火車は本来は地獄からの使者であり、猫との関係はない。その猫が火車として考えられるようになったのは、やはり死体と猫との近さ、死体を操る＝支配下に置く＝連れ去る、という連想によるものであるだろう。

図6-4　西山日光寺薬師堂（新潟県）（筆者提供）

　そうした民俗文化の「猫＝火車」という理解を背景として成立している昔話・伝説が「猫檀家」だ。あらすじはこうだ。貧乏寺の和尚が猫を可愛がっていると、猫がある日「今までの恩返しをします。これだな、と思ったら私の名を呼んでください」と言って行方をくらます。そのうちに殿様（もしくは庄屋・天子様）が亡くなり、豪華な葬列が出るが、突如黒雲が出て棺が宙に浮き上がり、降りてこなくなる。火車が憑いたと高僧名僧が呼ばれて加持祈祷をするが棺は降りてこない。日本中の僧侶を呼ぶが棺は降りず、貧乏寺の和尚も呼ばれることとなった。さて貧乏寺の和尚が経を唱えると、するすると棺が降りてくる。何と徳の高いお坊様であったかと褒美をもらい、寺は裕福になったという話である。もちろん、棺を持ちあげていたのはかつての寺の飼い猫だったのである。

　猫によって再興したという伝説の寺は各地にある。岩手・二戸の猫塚の寺こと福蔵寺、新潟・阿賀の西山日光寺（図6-4）、新潟・阿賀野の猫寺こと岩村寺、埼玉・寄居の猫寺こと少林寺、埼玉・深谷の猫壇中こと昌福寺、山梨・甲府の慈照寺など、東日本を中心に多くの寺が該当する。化け猫の名を「とら」といい、猫が和尚に「なむとらかんのんとらやあやあ」等というお経を唱えろと合言葉的に言い残す例が多い。この語句は禅宗の『千手陀羅尼経』の一節のフレーズがどう聞こえたか——いわゆる「耳コピ」——を取り入れた昔話といえる。

もともと寺と猫とは関わりが深い。日本への公式な猫の輸入は、経文をかじる鼠を駆除するために船に猫を乗せたことだといわれる。先に紹介した昔話「猫絵と鼠」の主人公も小僧であった。昔話・伝説「猫の踊り」も、寺を舞台とすることがままある。仏教と猫との関係の深さは、近世に葬祭を一手に引き受けることとなった寺と猫と葬送の関わりを深めたと思われる。猫と死者とは寺を縁として深く結びついたのである。

しかしもともと、猫は霊的に特別なものと考えられていたことも看過できない。猫の葬法にもまた特異なものがあった。遠くエジプトでは猫はミイラにされ、丁重に葬られていた。九州などで、猫の死体を木にぶら下げて樹上葬・風葬にしなければならないとしていた地域があった。この樹上葬の風習は、東アジア文化圏では古くみられる、人間に対する葬送法なのである。猫は良きにつけ悪しきにつけ、特異な霊魂を持つとされていたといえる。現代のペットセラピーにおいても、猫が死期の近い患者に不思議と近づくなどの「ちょっといい話」がｗｅｂ等で人気となり、拡散されている。猫は死と近しい存在なのだ。死の世界はつまり、異界である。猫は異界と現世を行き来する存在なのである。

5　里の猫と山の猫

猫は愛されてはいるけれども、異界と現世を行き来する。猫は人里で暮らしつつも、人の自由にはならない油断ならない生き物なのだ。昔話「猫と南瓜」では、宿屋の猫が盗み食いを見られた客（薬売りや船頭）を殺そうとして、返り討ちにされる。翌年再来した客に宿屋は好物でしょうと季節外れの南瓜を料理して出す。それを食べた客が死んでしまったり、怪しんだ客が手をつけずに犬に南瓜をやると犬が死んだりする。毒南瓜はなんと、殺した猫の死骸から生えていたのだった。

昔話「鶏報恩」では、猫が家の主人の命を狙って膳に毒を入れる（もしくは家に生まれた赤ん坊に嫉妬して、赤ん坊を埋めるための穴を掘る）。その企みに気づいた鶏が警告に夜鳴きをすると不吉だとされ、締められてしまう。そののち鶏が主人の夢に出て猫のたくらみを告げ、猫は退治され一家は命を取り留め、鶏は感謝されるという話となる。

昔話「猫と茶釜の蓋」では、猟師の家の猫が主人の作る弾丸の数を数えておいて、山に化けて出て茶釜の蓋を盾として、食い殺そうとする。猟師はとっておきの守り玉を使って猫を撃ち殺し、ことなきを得る。また昔話「鍛冶屋の婆」では、狼が鍛冶屋の婆を食い殺して入れ替わり、群れを率いて山道を行く旅人を食い殺そうとする話だが、この鍛冶屋の婆が化け猫となっている話も多い。さらには、奥山で歳経た猿が人身御供を要求し、豪傑や霊犬に退治される昔話「猿神退治」においても、化物の正体を猫とするバージョンがある。明治期に外国人向けのお土産物として刊行された「ちりめん本」の『しっぺい太郎』も猫バージョンの猿神退治で、挿絵ではかわいい猫たちが踊り狂っている。「猫の後ろに狐がいる、狐の後ろに狼がいる」という言い回しもある。猫は里の生き物でありながら、狼や猿、狐といった山の魔物と交換可能な存在なのだ。

そのことは離島の猫たちに、より鮮明に表れている。島根・隠岐島や伊豆諸島の八丈島・三宅島・式根島、宮城で「猫の島」として知られる田代島・網地島などでは、猫が人を化かしたり、妖怪に化けたり、人を道に迷わせたり、野山に火をともしたりと、本土では狐の仕業とされる怪異の原因と伝えられている。中でも式根島には「チナガンバー」という乳の長い山猫の化け物が出て食料を食い荒らし、島民を悩ませたという伝説がある。里の猫はかわいらしいが、山中の猫は人間を襲う恐ろしい存在である。

猫は歳を経ると化けるため、飼うには「○○年だけ面倒を見るよ」とあらかじめ年季を切る必要があるという俗信のある土地は多い。そうして猫は死に目を見せない、猫は自分で山に行って死ぬ、化け猫になる、と考えられていた。百人一首に採られた在原行平の和歌「立ち別れいなばの山の峰に生ふるまつとし聞かば今帰り来む」を逆さに貼ると猫が戻るという呪いも、猫が山に身を隠すという観念に基づいたものといえる。

猫は山に参ると言い習わされている。それも特定の山にである。有名なのは熊本・阿蘇の根子岳だ。猫は年季が来ると根子岳に登って猫の長のもとで修業をし、耳が割けたり尾が二股に割れたりして神通力を身につける。世に言う猫又の誕生である。他に熊本・河浦のオオヤマ、福島・会津の猫魔ヶ岳、広島・比婆の猫山などが猫の集う山とされている。

昔話「猫又屋敷」は、いなくなった飼い猫を探して山に行き、化け猫が人間に化けて暮らしている猫又屋敷に迷い込んだ人間の逃走譚となっている。猫を可愛がっていた人間が迷い込むと、かつての飼い猫が「ここは恐ろしいところです、早く逃げなさい」と手引きしてくれ、追われながらもなんとか逃がれられるが、後ろから浴びせられた食べ物や風呂の湯がかかった所から猫の毛が生えていた（追いつかれたら猫に変えられていじめ殺されていた）という危機一髪の話である。ここでも猫の長が屋敷を統括していると語られる。

注目すべきは、猫の山には猫の長が治める猫の社会があるという観念である。猫は独自の社会や組織や身分制度を持っているのだ。猫は動物なのに独自の社会がある両義的な存在なのである。「猫の集会」は有名なふるまいだ。猫は実際、あるテリトリーに暮らす猫たちが集合し、人間にはわかりかねる情報交換をする生態を持っている。猫は社交性のある生き物なのだ。こうした猫の生態が、猫山の猫社会を想像させ、猫は人間とは異なる世界を持つ動物というイメージを確固なものとしたし、それは例えばスタジオジブリのアニメーション映画『猫の恩返し』等の創作にも受け継がれている。

猫のフォークロアの背景には、家と外、里と山、家畜と野生、愛玩と実用、人間世界と異界などの二つの世界を行き来する存在としての猫が見えてくる。猫はこの世のものならぬ存在なのだ、少なくとも半分は。すなわち、猫は私たちが暮らすこの世界と、怪異や妖怪の世界である異界とを自由に行き来する存在なのである。

6　二つの世界を暮らす猫――猫たちの両義性

猫はかわいらしい動物として日常生活で愛されていながら、化ける・祟る・死体に憑く動物として、その霊性を大いに警戒されてきた存在だといえる。こうした相反する意味を併せ持つ性質を「両義性」

という。猫は両義性を持つ生き物なのだ。

例えば昔話「猫の浄瑠璃」、昔話・伝説「猫の踊り」では、猫は家人に「退屈しのぎに芸能を見せる」という、家人を楽しませるふるまいをする。しかし口外しないという約束を破ると途端に家人を害する存在に変わる。招き猫が客を招き、猫の神仏や猫絵が養蚕の害を防ぎ、猫や猫絵が僧侶を守ると同時に、猫が死体を自由にしようとし、薬売りや船頭や狩人や家の主人や赤ん坊の命を狙い、狐や狼や猿と交換可能な化け物として登場する。猫は人に味方する一方の動物でもなく、かといって人に敵対する一方の動物でもない。猫は愛されつつも恐ろしがられる存在であり、それが猫の両義性だといえるのである。猫の両義性をいかんなく発揮する昔話／伝説が「猫檀家」である。猫檀家の猫は寺を富ませるために働き、和尚にはどこまでも好意的である。しかし死者を弔う立場の側には、死体を奪う恐ろしい存在としてふるまっている。

このような猫の両義性のイメージはどこから成立したのか。それは猫の生態と文化的イメージの両方から成立したと考えられるだろう。まず猫は、その愛らしさから愛玩の対象とされるのが早かった動物であるが、同時に鼠駆除という野生的な実用性を併せ持った、両義的な存在であったといえる。さらに猫は犬や鶏や牛や馬とは違い、家に居ついて家畜として過ごす存在でありながら、家から自由に抜け出て野生の中で気ままに過ごす存在でもあるのだ。現代でも家猫は虫や鼠を狩ってきて家人に見せつけてドヤ顔をする自由な存在である。人間世界と動物世界を往還する両義性が、猫には認められる。生態の面からは猫は、「猫じゃ猫じゃ」で触れたように四足であるべき獣が後ろ足で立ち上がるというふるまい、集会を開く社会性のあるふるまいもまた、猫の両義性を強めることとなったろう。猫はヒトとケモノ、イエとソト、コノヨとアノヨを往還しうる存在なのである。

そうしたイメージは現在の創作にも受け継がれ、猫は霊的に重要な役を割り振られることが多い。テレビアニメ「学校の怪談」（フジテレビ、二〇〇〇）では、主人公たち小学生を助ける妖怪「天邪鬼」は黒猫に憑依していたし、緑川ゆきのマンガ『夏目友人帳』（白泉社、二〇〇三）で、主人公の夏目貴志をひねくれながらも助けてくれるきまぐれな大妖怪は招き猫の姿を取って「にゃんこ先生」と呼びならわされている。ここにも「人に寄り添う」性質と「気まぐれ」の性質から「猫」のキャラクターが選び取られ、人気となっていることがうかがえる。野生の動物とは縁遠くなった現在の私たちにも身近であり、かつ謎めいた野生の特徴を秘め続ける猫。猫の物語はこれからも語られ続けていくだろう。

〈参考文献〉

小島瓔禮『猫の王――猫はなぜ突然姿を消すのか』小学館、一九九九年。
平岩米吉『猫の歴史と奇話』築地書館、一九九二年（原著一九八五年）。
野村純一「隠岐の化け猫譚」『野村純一著作集　第七巻・世間話と怪異』清文堂出版、二〇一二年（初出一九六二年）。
『日本の伝説』全五〇巻、角川書店、一九七六～八〇年。

© 谷上雄仁

〈コラム4〉

韓国の猫の話
――「忠」の犬と「悪」の猫

朴庾卿

古今東西、世界のどの国にも特定動物への偏愛と偏見はあるだろう。数ある動物のなかで、殊に猫に向けられる韓国の人々の眼差しは偏見に満ちているように思われる。

それはある外国人の目にも同様に映ったようだ。「韓国人と猫」（『東亜日報』一九六三年八月一九日付）というコラムでリチャード・ロット（当時韓国在住の大韓聖公会神父）は「猫に対する韓国人の認識は興味深い。猫を『霊物または妖物』ともいい、愛玩用として飼う家はあまりないようだ」と書き記したのである。最近はどうか。韓国最大手のインターネット検索サイト（NAVER）の「知識IN」という検索項目に、「猫」という検索語を入れると、「猫を飼いたいが、猫は妖物だと反対する両親を説得する方法」、「なぜ、わが国では／わが民族は／韓国人は／年配の方は猫を妖物と思っているのか」などの質問が目立つ[1]。さらに、韓国の代表的な民俗学者・金宗大（キムジョンデ）によれば、猫は「霊を呼び起こす神通力を持っている動物」、「自分に害を与えた人には必ず仕返しをする動物」と考えられていた[2]。猫にしてみれば「いわれなき中傷」であるに違いない。

歴史的には猫に対して偏見一色だったわけではない。朝鮮の一九代王粛宗（スクジョン）（一六六一～一七二〇）と猫の逸話や一部の儒学者（例えば、李瀷（イイク）、号は星湖）の猫への眼差し――盗みを働く猫は本性よりは環境によるものであるという逸話――なども確かに存在する。しかし、これらは例外的である。一部の事例を除けば、韓国の人々の猫に対する一般的なイメージは「気難しい」、「気味悪い」、「仕返しをする動物」など、リチャード・ロットの受けた印象と大差はない。

猫に関する物語（昔話や怪談）は、さまざまな視点から語られ伝えられてきた日本に比べれば韓国では乏しい。韓国の人々の間に広く共有されている猫に関する物語はといえば、「犬と猫」(「犬と猫とうろこ玉」の類話)という口承説話が挙げられるだけである。その他は、主に、猫は恩を仇で返し、犬は人に従い飼い主を助けるというストーリーの類型が多い。例えば、『韓国口碑文学体系』に収録されている「猫とホバク犬の戦い」が代表的である。[3]

猫は虎の従兄弟であり、霊物の獣と言われる。ある家で猫を飼っていた。猫というのは、老いると鼠も捕らなくなるばかりか、食べて寝るだけである。この家の猫もそうだった。憎たらしくて仕方がなかった主人は、猫をどこかに捨てたりもした。その度、猫は戻って来て、それが何回も繰り返された。結局、主人は呆れて、猫の首をくくって外につるしておいた。数日後その場に行ってみると、首をくくった綱だけが残っていて、猫はいなくなっていた。

数年が経ったある日、訪ねてきた僧に米を布施すると、以前捨てた猫が山の中にいて大きくなって仕返しの機会を狙っていると言われる。そしてその対策として、ホバク犬の子犬三匹を買って、餌は必ず空中からやり、ジャンプの訓練をさせて丈夫で力強い犬に育てるようにと助言した。

三匹の犬が大きくなったある日、僧に言われた通り、捨てた猫が大きくなって訪れる。外からは落雷のような音が響き、死にそうな犬の吠える声が一晩中聞こえた。翌朝出てみたら犬三匹が死んでいて、主人はそのホバク犬のおかげで死を免れた。

韓国の猫は一〇世紀以前中国との往来によってもたらされたとみられ、それ以来、仏教経典や食料、養蚕などの鼠による被害を防ぐために飼われ始めた。しかしながら、気まぐれでわがままな猫は、昔話のなかでは、概ねその役割を果たさない悪者のようにネガティブなイメージで描かれる。この話も、「やるべき事をしない猫→猫を棄てる→助言者が現れ→復讐を企んだ猫は犬によって退治される」という物語となっており、話の発端となるのは猫で、鼠を捕る役割を果たさない、飼い主の食べ物を盗み食いする、などと人間に期待される役割を果たさないばかりか、却って悪さをするものとして描かれている。

『韓国口碑文学大系』の「猫の復讐」という話でも、人間の食べ物を狙う猫に関して「猫に御膳の下を通らせてはいけない。猫は御膳の下を通りながら、長い尻尾を曲げ上げ、おかずの汁などを付けて味見する。猫が口を付けた食べ物を人が食べると転生することができなくなる。だから猫が味見したものはそのまま捨てなければならない」という言い伝えがあり、猫を妖物視する傾向が強いことがわかる。

実際、韓国民俗において猫は、陰の動物として認識され、呪術的な力があると信じられていた。洋の東西を問わず、猫は呪術的な動物とされてきたが、韓国においては、時には呪いの手段として、または泥棒探しやその仕返しのために占う時にも猫を利用した。その方法は、今の我々からすれば残酷なものに映る。例えば、猫の足や肝を埋めることで呪いをかけ、壺の中に猫を入れ蒸し、または、お寺でもらった油を猫に塗り焼くなどの方法で占ったのである[4]。このように猫は偏見の眼差しでみられ、さらに残酷な扱いまでされていたのである。

朝鮮王朝時代（一三九二〜一九一〇）になると、猫は「いわれなき中傷」を受けるだけではなく「悪役」と見なされることになる。仏教が思想と文化を主導していた高麗王朝の後に登場した朝鮮王朝は、儒教（朱子学）をもって建国した。儒教は当時の社会制度と文化、そして個人の道徳的完成と社会の理想的な秩序に到るまであらゆるものの準拠となった。その理想的な状態は「孝」や「忠」といった「礼」として体現される。このような儒教的「孝」、「忠」の観点からすれば、気まぐれで勝手気ままな行動が目立つ猫は「悪役」としてぴったりの存在だったかもしれない。

『韓国文化象徴事典』[5]によれば、「豸」＋「苗」からなる「猫」という漢字から、猫は「邪悪を食い殺す猟師」という意味を持つ。つまり、鼠をよく捕る猫は「泥棒を捕まえる捕卒（日本の江戸時代の「同心」に近い存在）」とも言われ、この意味からすれば、人々の生活（食物や蚕など）を守り、また「腐敗の剔抉」の象徴でもある。しかし、朝鮮時代後期には、主に「危害を加える権臣」というイメージで語られる。

その一例として、当時の社会を最もよく表現していると思われる丁若鏞（チョンヤギョン）（一七六二～一八三六、号は茶山）の「狸奴行」を取り上げてみよう。

南山村翁養狸奴／歳久妖兇學老狐／夜夜草堂盜宿肉／翻瓨覆瓿連觴壺／……／念此狸奴罪惡極／直欲奮劍行天誅／皇天生汝本何用／令汝捕鼠除民痛／……／民被鼠割日憔悴／……／是以遣汝爲鼠帥／……／汝今一鼠不曾捕／顧乃自犯爲穿窬／……／聚其盜物重賂汝／……／但喜群鼠爭奔趨／我今彤弓大箭手射汝／若鼠横行寧嗾盧。[6]

全四八句のこの詩には、当時の貪欲で邪な官吏の姿が老猫に喩えられ、辛辣に批判されている。鼠（悪徳地方役人）を捕り、老人（庶民）の被害を治めるべき猫（監司）が、むしろ鼠にはできない狡猾な方法で老人を苦しめる。ひいては鼠から賄賂まで受け取り、結局は鼠と野合し、老人からの収奪は一層激しくなっていく。[7] このように猫は不正を働く官吏のイメージを被せられ「悪役」を演じているのである。

丁若鏞は自らの理想とかい離する現実を、猫に「悪役」を演じさせることで告発したのである。彼の『牧民心書』（一八一八）によれば、朝鮮王朝が始まって以来数え切れないほどの官吏がいたはずなのに、「清白吏」（理想的な官吏）に選ばれた人はせいぜい百人余りであったという。「清白吏」の反転像としての猫のイメージは、現実世界が儒教的理想社会から遠く離れていればいるほど悪くなったのである。

このような猫に負わされたネガティブなイメージは、現代の韓国社会でも繰り返し登場している。例えば、一九九八年納涼特集「伝説の故郷」というテレビ番組では、慶尚北道に伝えられている猫の怪談「猫哭声」をドラマ化した。猫、犬、僧の登場人物と話の骨組みは同様であるが、前述の民俗文化の要素や迷信も加えた話となっている。話は少々長いが紹介しておこう。

ある村に夫婦と一人息子が黒犬と黒猫を飼いながら暮していた。息子は犬猫ととても仲が良く、殊に猫は息子と一緒に寝るほどいつも息子のそばを離れなかった。

ある日、隣の村の人々が突然死んで、それが猫の恨みによるものだというわさが広まった。追い出された猫が飼い主を恨んで、病気にかかった鼠を飼い主の部屋にいっぱい詰め込んで、それが原因で染病が広まり、結局村人に死者まで出たということであった。そのうわさとともに夫は兄から「猫、特に黒猫は昔から妖物中の妖物だ」と聞き不気味に思っていた。

数日後、妻が台所でご飯をよそおうと釜の蓋を開けると、猫がその上を跳んで行き、またご飯を口にしようとしたら、今回は犬が妻に跳びかかり器がひっくり返された。それを見た夫は犬を棒で殴り、足にけがをした犬は追い出されてしまった。

夫は兄にこの話をしながら、息子から離れようとしない猫はどうにもできないと、愚痴をこぼすと、兄が自分にいい案があるという。実は、その兄は、猫売りに「猫鍋が体に良い。黒猫ならなおさらだ」という話を聞いて迷っていたところで、弟の黒猫を鍋にしようとする下心があった。そうとも知らず夫は、猫を兄に渡した。その夜、兄は猫に跳びつかれ倒れて頭を打ち死んでしまった。そして息子は突然熱を出し病気になった。

翌日、兄の家に行ってみると、兄は死んでいて隣には猫を入れていた布袋があって猫はいなかった。それを見た夫は猫の仕業だと思い、復讐心に満ちて猫を殺してしまった。

それ以来、息子は理由も分からず寝込み、ある日は部屋の天井を歩いたり、夜中には鼠を捕って食べるなど猫のような行動をした。夫婦は猫の魂が息子にとり憑いたと思って、ムダン（巫女）を呼び、猫の鎮魂祭を行なった。それでも猫の恨みを鎮めることはできなかった。猫はまず兄に猫鍋を勧めた猫売りを殺すことで、本格的に仕返しをしていくのであった。

そして夫婦のところには、犬の足を治した僧侶が訪れる。一部始終を聞いた僧侶は、犬猫の行動は必ず人間には分からない何かの理由があるはずだという。それから、台所の天井で死んでいるムカデを見つける。そのムカデは百年も生きたもので、死ぬ時に体から出た毒がご飯を炊いた釜に落ちて、それに気づいた犬猫は先日のような行動で飼い主を守ろうとしたのであった。飼い主を助けるためにした行動が、むしろ自らの死を招いた猫の恨みは深いわけであった。

夫婦は僧侶に助言を求める。僧侶は怨鬼を防げる呪符を三枚書いて渡しながら、一枚は燃やしてその灰を犬に食わせ、また一枚は庭にある井戸に入れておき、最後の一枚は部屋のドアの取手に貼り、絶対破ってはいけないと注意した。そして、犬には、とさかの色が濃い鶏三羽を煮込んで食べさせ、力を出させるようにと伝えた。僧侶は「結んだ者が自らそれを解くべき（結者解之）だが、やむを得ない状況なので（事勢不得）、すべてはこの犬に解決してもらうしかありません」と言った。ただ、二つの禁忌があった。一、今夜は何があっても眠ってはいけない。二、呪符をドアに貼った後は絶対部屋から出てはいけない。これを守らないと誰か一人は死ぬしかないのだった。

言われた通りにした夫婦は、部屋の中で息子を見守っていた。しかし、夫婦は禁忌を破り眠ってしまった。ふと目が覚めた妻は、部屋に息子がいないことに気づいた。すでに猫にとり憑かれていた息子は、二つ目の禁忌を破らせるために、外から母を呼び続ける。夫婦は哀切な声で呼び続ける息子のために外へ出てしまった。すると、息子は素早く部屋に入り、ドアに貼ってあった呪符をはがし燃やしてしまう。そして灯火を倒して部屋に火をつけた。猫は自分が火口で焼かれたように、息子にも同じような死に方をさせるのであった。その時、息子の顔はすでに猫そのものになっていた。

その間、外には、豹や虎に似た大きい猫の化け物が現れた。犬は夫婦に跳びかかる化け物と戦った。自らの力だけでは勝てない犬は呪符を入れておいた井戸の方に化け物をおびき寄せた。結局井戸の中に落ちた化け物は、天地が揺れるほど泣き叫んだ。そして井戸の中から青い光が湧き上がり、化け猫は光とともに消えた。

一方、燃え上がる部屋の中には、とり憑いた猫の魂が抜かれ、気を失った息子が倒れていた。犬は部屋に飛び込み息子を助けたが、力を使い切った犬は逃げることができず燃え落ちる屋根の下敷きになりそのまま死んでしまった。

「猫哭声」には、昔から人々に深く根付いていた猫に対する否定的な認識と迷信が背景となっている。それに、動物の心を理解しない人間の限界や人間中心的な面についても考えさせる。番組の最後には、話の教訓として「真の『忠』とは何かを考えさせる美しい話」であるというナレーションが流れる。このナレーションは、何があっても命がけで飼い主を助ける「犬」の「忠」だけを讃えている。しかし、話の中心にいるのは、タイトルから見ても「猫」であり猫の怨みがメインテーマである。この話においても猫は不気味な存在であり、ただ犬を引き立たせるための「悪役」を務めているのであった。

以上のように、多くの韓国人が持っている猫に対するネガティブなイメージは非常に根強い。しかし、儒教的な思考様式が次第にその影響力を失いつつある韓国の現代社会において、猫に対するイメージも変化しつつある。今日、猫を飼う若者も増えペットとしての猫が大衆文化の中で語られることも珍しいことではなくなった。それに伴い、かつての猫に対する認識も変化が生まれており、従来の猫に対するイメージと現代の若者が持つそれとの隔たりは容易に観察できる。

〈注〉

(1) NAVERの「知識IN」はYAHOOの「知識袋」と同様の検索項目。二〇一〇〜二〇一六年現在まで「猫、妖物」というキーワードで検索した結果、全質問数は六八六件があり、その中の猫を妖物だと思っている年配の方や両親を説得する方法に関する質問は六三件あった。

(2) 金宗大『33種類動物から見た韓国文化象徴体系』다른세상、二〇〇一年、六〇頁。

(3) 「猫とホバク犬の戦い」『韓国口碑文学大系』巻二‐二：江原道篇、韓国精神文化院、一九八一年、六一三〜六一六頁。

＊ホバク犬（a stout hairy dog）とは、骨組みが大きく毛深い犬。

(4) 韓国精神文化院（韓国学中央研究院）編、「猫」『韓国民族文化大百科事典』参照。[https://encykorea.aks.ac.kr/Contents/Index] (accessed2016.10.28)

(5) 韓国文化象徴事典編纂委員会『韓国文化象徴事典』東亜出版社、一九九二年、五七頁。

(6) 丁若鏞「狸奴行」『茶山詩文集』第五巻、一八六五年。[韓国古典総合DB http://db.itkc.or.kr/itkcdb/mainIndexIframe.jsp] 参照。

(7) 尹勝俊「韓中寓言における動物象徴」『東方学志』vol.137、延世大学国学研究院、二〇〇七年、三〇一〜三三三頁参照。

第七章　芸能史における「化け猫物」の系譜

横山泰子

近世芸能の世界では、歌舞伎や講談などで化け猫が活躍し、化ける動物としての強烈な存在感をアピールしてみせた。江戸期に作られた化け猫のイメージは、その後、映画をはじめとする近現代の芸能でも引き継がれた。本章では、近世から近現代芸能に見られる化け猫物の系譜をたどってみたいと思う。

1　ネコ怪衰退の江戸時代？

『日本人の動物観』において、著者中村禎里は文献資料を博捜し、日本人の動物観の歴史を明らかにしようと試みた[1]。江戸期の怪異説話集や奇談、随筆類を研究対象とした中村が出した結論とは、「近世後期になるとネコの怪異はいちじるしく衰える」であった。そして、その理由についてはこう述べられている。

キツネは人との通婚説話の長い歴史をもち、タヌキは後述するように禅寺とのむすびつきを強めるなど、それぞれ妖異譚以外に独特の変身行動域を維持し、または開拓した。しかしネコはそのような個性的レパートリーを欠いたままであり、その妖異の衰退はそのまま変身譚一般の後退を意味していた。これにかわって成長するのは、人の従者としてのネコを語る説話である。

中村によれば、どうやら近世のネコは、狐や狸のような個性的な変身をすることができず、妖獣としての力を発揮しなかった。そのかわり、猫がみずからを犠牲にして飼い主をまもるような話が出てきたとして、中村は「キツネ・タヌキは妖獣でありつづけたとしても、人と離れて生活しているから、人にとって決定的な難儀にはならない。けれどもネコは人と共同生活している以上、妖獣であるほうが不自然であり、人もネコもその状態に耐えきれるものではない」と述べる。

動物怪を代表する狐狸は野生動物であるが、猫は人に飼育される動物である。鼠を駆除する有用な動物として大切にされ、ペットとして愛玩された猫は「妖獣であるほうが不自然」だというのだ。中村が研究対象とした近世説話や奇談などにおいて「ネコ怪が衰退した」というのは、邪悪な猫の話が衰退したということを意味するのであろう。しかし、妖獣であるほうが不自然なネコの性格を利用し、猫のかわいさと怖さ、すなわち両義性を表現した物語は成立し得るのだ。

第四章で指摘されているとおり、江戸期の猫は飼い主に尽くす忠義の存在として描かれることがある。猫と飼い主が強い絆で結ばれている場合、飼い主が非業の死を遂げたとしたらどうなるか。猫が飼い主の敵を攻撃することもあるかもしれない。そんな時の猫は、狐狸にはできないような個性的な変身を遂げ、絶大な力を発揮するのではなかろうか。

人間の生活に密着しているから猫だからこそ、人間の恨みや悲しみを引き受ける存在ともなる。そして、犬のように人に心を許さない野生味も、猫は持っている。そんな猫の怪談は、江戸後期から近現代にかけて芸能の世界で展開していく。次節では、その足取りを追っていこう。

2　歌舞伎の化け猫『独道中五十三駅』

歌舞伎における怖い化け猫で注目すべきは、文政十（一八二七）年閏六月江戸河原崎座初演の『独道中五十三駅』（四代目鶴屋南北作）である。作者の南北は刺激的な怪談物を得意とした人物で、有名な『東海道四谷怪談』の作者でもある。また、主演の三代目尾上菊五郎はお岩や累などの幽霊、妖狐などの超自然的な役を繰り返し演じた役者として知られる。この二人が組んだ『独道中五十三駅』で、注目すべきポイントは
①　女に化ける猫
②　猫の踊り
③　猫の油なめ
④　猫の攻撃性
である。

一般的に猫は女に化けるものとされるが、この芝居でも猫は女性の姿で登場する。そして、盆踊りの歌を歌い、飼い猫を踊らせる。さらに、人間が寝静まると猫の姿になって行灯の油をなめる。正体が露見すると人間を食い殺すほどの攻撃性を見せるのである。天保六年の再演時の芝居絵（図7-1）を載せておくので、イメージをつかんでいただきたい。役者は頭に鬘（猫の耳つき）をかぶっているようだ。手の部分は毛だらけで、鋭い爪が見える。こうした絵は他にも色々とあるので、化け猫役の役者は、耳つきの鬘に特別な手袋のようなものを着用していたのかもしれない。

図7-1　『梅初春五十三駅（うめのはるごじゅうさんつぎ）』（天保6〔1835〕年2月、市村座、五雲亭貞秀、所蔵＝国立劇場）

　絵を見たところで、老女に化けた猫（精霊（せいれい））が正体を見せる場面を台帳（台本）より読んでみよう。[2] 泊めてやった旅人（おくら）が寝たのを確認し、寝所からそろそろと出て来て

　あんどうを引寄、その

内へ顔をさし入る。その形猫にうつる。長き舌を出し、ひちや〳〵と油をなめる事。おくら何こゝろなふ顔を出しこれをみて、わつと飛びのきにげんとするを、精霊、そのすそをとらへきつとなつて、

精霊　そんなら我身見やつたの。

くら　エイ、イ、ヱ。何にもわたしやア。

猫が舌を出し油をなめるなど、行灯（あんどう、あんどんと読む）を使わない現代人には状況がわかりにくい。行灯とは、木枠に紙を貼り、中に油皿を入れて灯火をともす照明器具である。歌舞伎の舞台では仕掛けによって、猫の影が映るように見せたものと思われる。女が行灯の油をなめて猫の正体を現す一連の演出は、後の舞台や映画においてもお定まりの見せ場として繰り返される。

さて、この化け猫には手下（？）がいる。役者が演じる大猫が盆踊りの歌を歌うと、飼い猫二匹がそろそろと立ち上がって踊るのだ。猫の踊りもまた化け猫物の定番である。近世随筆に踊る猫の話が多いことは、第五章・第六章で言及されたとおりである。猫は踊ることで動物怪としての個性を発揮しており、芸能と猫の関わりが深いことがわかる。

おくらは怪しい猫の踊りを目撃したばかりか、化け猫が油をなめる決定的瞬間も見てしまう。秘密を知られた猫は突然攻撃的になり、おくらを襲う。

くら　どうぞ助て。

トにげ行を手をのばし、おくらがゑり髪をとらへるとて、思わづ精霊向イ合て、中をへだて、、ぢり〳〵と精霊にらめる。おくら（じり〳〵と）すくむ事。よききつかけに、精霊おくらのゑり元へ飛付、くわへし心。おくら振切てにげんとしてあをのけになる。精霊この時中腰になり、前へ手を付、おくらをみてきつとなる。この時、顔はなまなりの猫の顔になる。おくらよろめき〳〵にげるを、手を出してはりたをし、あちこちをかむ事。トゞ、ゑり元をくわへ、破れ障子の内へ引込事。この内、人をかむ音して障子へ血烟たつ。

逃げる人間を捕まえて襟元へ飛びつく猫。「顔はなまなりの猫の顔」とあるが、なまなり（生成り）とは女性の容貌で半分鬼になった形の怖い能面のことなので、ここで役者が猫に変身したと思われる。その怖い形相の猫が人を複数回噛み、破れ障子の内へ引き込むと刺激的な音とともに血煙が……決定的な殺人の場面を見せず、観客には想像だけさせるという、ホラー映画のような演出であった。

『独道中五十三駅』の猫は、飼い主のお松の怨念と合体し、彼女の怨みを晴らそうとしていると語る。忠義の面を持った怖い猫のイメージは、後続の歌舞伎劇や講談、映画に影響をもたらすのである。

3　人を害し、国家を乱すのも恩人のため――『百猫伝』

第一部でも示したとおり、講談もまた実録や歌舞伎と密接な関係を持ちながら、強烈な化け猫イメージを作り上げた。天保三年生まれの桃川如燕は、燕国を名乗っていた時代に『百猫伝』で大当たりをとり、猫燕国の仇名で知られていた。彼の「団十郎猫」は、明治期の速記により、その内容を知ることができる。[3] 以下あらすじを記しておこう。

役者の初代市川団十郎は、悪者杉山半六の遺恨を受けて舞台上で殺される。初代の息子は敵討ちに成功し、二代目団十郎となる。半六の兄弟分であった役者の小幡小平治は、半六の女房お勝と夫婦になり遺児を引き取るが、お勝の性質が悪いために二代目団十郎から出入りを禁じられる。役者稼業を続けられなくなった小平治は家族で仙台に行くが、お勝とその愛人太九郎によって殺される。そのことを知っていたのは、小平治の飼い猫玉。玉猫は小平治の敵をうつべく、次々と人を襲い、二代目団十郎のもとに出現したところで殺される。団十郎は猫の忠義に感じ入り、手厚く葬る。

この作品における玉猫の性格に注目したい。最初のうち玉猫は何とかして主人を救おうと一生懸命であり、その姿が健気である。出かけようとする主人の着物の裾をくわえて引き留めようとしたり、敵に飛びかかろうとする。しかし、畜生の悲しさ、猫の必死の訴えは飼い主には通じない。小平治は自分の身を保護するとは知らず「日頃の恩を打忘れ、主人に向つて敵対なすか」と叱って出かけ、殺害されてしまうのだ。自分の注意を聞き入れずに死んだ飼い主に愛想を尽かすこともなく、玉猫は祟る。その祟り方が面白いのは、殺された小平治の幽霊のふりをしている点にある。小平治に似ているけれども「カツト睨むる両眼は、赫々(かく〳〵)として鏡の如く、口は飽迄左右に裂て、歯は白銀を樹(うゑ)たる如く、口より焔を吐き乍ら、近(ちかづ)き寄らんとする」ありさまだった。そして、お勝の子半之助は罪もないのに喉笛深く喰い切られて死ぬが、現場には足跡が残り、猫の仕業であることが明らかだった。それでも、小平治の幽霊を装った玉猫の怒りはおさまらず、当事者はもちろんのこと、関係のない者まで巻き込み執拗に狙う。その執念深さも猫ゆえだろうか。

『百猫伝』の第一回で、如燕は「人に由ては猫と云獣は、一向恩を知らぬ魔獣(まもの)だと申て、忌嫌ふ者有れども、猫だと云て恩は恩、讐は讐で報(かへ)すには相違無く、何処の猫でも、同じ事で、人を害し、或は国家を乱すのも、皆な恩人の為にする所業」といっている。ここには猫の両義性がはっきりと記されている。すなわち、猫は恩ある人間には恩を返すという意味では善なる獣であり、そのためには人を害することもいとわない魔獣なのである。

こうした日本の猫の両義的性格は、韓国と比較した場合に大変異なる。韓国における猫は怨み深い悪役に徹しており、人間の飼い主を助ける役割は犬がもっぱら引き受けているようである(コラム4参照)。韓国の猫の役割が絶対的な悪であるとすると、日本の猫の性格は相対的であり、相手によって意味づけが変わっている。

4　化け猫映画の展開——尾上松之助から入江たか子まで

戦前の日本の怪談映画は、民間伝承の怪異譚や先行芸能をもとに作られた。『四谷怪談』や『牡丹灯籠』のように幽霊が活躍する作品もあったが、怪猫映画は数量で他を圧倒した。

志村三代子によれば、これまで怪猫映画は六十六本が公開され、ブームが三回訪れているという。(4)

図7-2　入江たか子扮する化け猫
（『大映特撮映画 DVD コレクション 47』ディアゴスティーニ）

第一次ブームは、日本映画最初期のスター尾上松之助の時代。一九一四年に怪猫映画は七本作られており、そのうち三本が松之助の主演作。この時期は着ぐるみの化猫が使われ、チャンバラ場面でヒーローに退治される補佐役にすぎなかった。次なる第二次ブームは、化け猫女優鈴木澄子の時代であった。歌舞伎から初期映画の時代は役者といえばもっぱら男性だったが、女性が映画界に入るようになると猫役も女優に任されるようになった。鈴木澄子は美しい容貌と身体能力に恵まれた「ヴァンプ女優」であり、彼女の猫役は「魅惑的な悪女の不気味さと、猫の持つ優雅で邪悪な不気味さの両方が表象され得るからこそ魅力的」だったのである。

そして、さらなる第三次ブームは、入江たか子が牽引した。華族出身で絶世の美女であったスター入江であったが、様々な不幸に襲われてやむなく『怪談佐賀屋敷』（一九五三年、大映、荒井良平監督）に出演したところ、大当たりをとり一時代を築いた。歌舞伎でおなじみの行灯の油をなめる場面はもちろん、猫踊りの場面を変形した猫囃子の場面（霊力を持った猫に人間が操られて、アクロバティックな動きを見せる）や、猫が恨む人間を攻撃する場面などの見所に満ちた作品であった。一途に猫役に打ち込んだ入江であったが、かみつく場面で使った舞台用の血糊に毒物が含まれており、危険な状態で演じていたという[5]。続く『怪猫有馬御殿』（一九五三年、大映、荒井良平監督）では、名家の側室間で女同士の争いが起こり、おたき（入江たか子）が敵方のおこよに暗殺される。おたきの愛猫玉は非業の死を遂げた飼い主の血をなめて妖怪化し、敵を次々と殺害していく。入江扮する化け猫が独特の手の動きにより人を動かしたり、敵にかみついたりとすさまじい（図7-2上段左）。城主によってはねられた生首が宙を飛ぶ場面も忘れがたい。映画はヒットしたものの、猫役は入江の女優人生にとってマイナス要因となった。以後ひどい端役しかまわってこなくなり、入江は映画界を引退する。

5　橘外男＋中川信夫の『亡霊怪猫屋敷』

化け猫映画というジャンルと化け猫女優は切っても切れないが、彼女たちを起用せずとも名作は作れる。それを証明したのが、中川信夫の『亡霊怪猫屋敷』（一九五八年、新東宝）であろう。中川信夫は『東海道四谷怪談』で知られる怪談映画の名匠であるが、鍋島の化け猫騒動と現代のドラマを組み合わせた独特の怪談映画を作った。

原作は、橘外男の少女小説である。橘が藤崎彰子名で発表した『山茶花屋敷物語』（『少女の友』昭和二六年八月から二七年五月、後に『怪猫屋敷』と改題し、偕成社より刊行、映画化にあたり『亡霊怪猫屋敷』と再度改題して東京ライフ社から刊行）が映画のもととなっている。作者が九州旅行したおりに小説の題材を得たという。

妻の転地療養をかね、地方の屋敷で開業医を始めた医師。妻が不気味な老婆につきまとわれ、殺されそうになる。医師が菩提寺の和尚に相談すると、屋敷にまつわる怪談が語られる。かつてこの屋敷には大村藩の城代家老が住んでいたが、碁の師匠を殺害し、若党を使ってその死体を壁に塗り込めさせた。飼い猫は妖怪化し、敵をとり殺したという。医師は、妻の先祖が死体を壁に塗り込めた若党だったと知り、和尚から魔除けの札をもらう。（注意！これから物語の核心についてふれるので、これから先入観なしに橘外男の原作を読んでみようと思う読者は飛ばしてほしい）。

医師は護符を屋敷のあちこちに貼るが、一間だけ貼らなかった部屋があった。そここそ、死体が塗り込められた離れ座敷であった。妻の姿が消えたので、皆が探すと、離れ座敷で全身にするどい引っ掻き傷を受けた血まみれの死体となって見つかる。彼女の上におおいかぶさんばかりに、ひからびてコチコチになった大猫の死骸も。さらに、それればかりではなかった。


「あっ！」

と、みんなで声をのんで立ちすくんだ、その横手の壁をごらんなさい！

ああ屍体がわからなかったのも道理！今復讐がなごりなくとげられて、これで安心して目がつぶれるのでしょうか？その頼子ののけぞった横手の壁が、パックリとくずれおちて、おおそのなかに百七十年間のあいだぬりこめられていた小金吾の死体！スックと壁のなかにつったちながらもはや半分ミイラと化して、やぶれたきものに色あせたはかま……痩せほそった顔に目をとじた、竜胆寺小金吾のすがた……。[6]

橋の原作小説、これはこれで十分怖い。山下武は「クライマックスはポーの『黒猫』を思わせる迫力があり、天井にポッカリあいた大穴から子熊ほどもあろうかと思われる干乾びた大猫の死骸がたれ下がった結末は、あたかも極彩色の無残絵を見るようだ」と書いている。[7]

中川はこの作品をどのように映画化したのだろうか。映画では、現代劇のパートを青味の強い単色画面、時代劇をフルカラーで表現するという手法が用いられている。時代劇の部分が長く、なおかつ色彩豊かであるために、物語中物語の方がリアルで写実的に感じられる。老婆の姿をした猫が人を操る場面などは典型的な化け猫映画なのだが、観客の想像力を刺激して恐怖感を盛り上げ、完成度の高い心理サスペンスとなった。橘が猫の執念深さを強調しているのに対し、中川は人間と猫の良き関係を暗示している。小説と映画を比べてみると、猫の両義的な性格のうち、どこに重点を置くかで、同じ物語が別物になることがわかる。

6　一九六五年以後の日本の化け猫

哲学者の内山節は、『日本人はなぜキツネにだまされなくなったのか』において、一九六五年（昭和四十年）という年に注目した。[8] かつて日本の社会では、動物に人がだまされたという物語がたえず生み出

図7-3 「第29回かんなみ猫おどり」のポスター

されていたが、そうした話は一九六五年を境に誕生しなくなったと内山はいう。本章で挙げてきた化け猫に関する歌舞伎や講談、そして映画作品はいずれも、一九六五年以前のものである。一九六五年を境に、化け猫の物語も芸能も消滅してしまったのであろうか。

南北の歌舞伎に猫が踊る場面があることにふれたが、日本の昔話や伝説には「猫の踊り」とされる話型を持つ民間伝承がある。(9) 静岡県田方郡函南町に伝わる「猫の踊り」伝承をもとに、近年では夏祭りのイベントが行われるようになった。二〇一六年も八月七日に「第29回かんなみ猫おどり」が開催された（図7-3）。参加者の踊り、猫にちなんだコスプレなど、猫の芸能を現代風に作り替えて盛り上げている。一般人による猫の芸能祭といった体で、化け猫の芸能が民間に普及した例といえるかもしれない。かんなみ猫おどりが始まったのは一九八〇年代後半というから、一九六五年よりもずっと後のことである。

動物怪の存在が現実味を失い、人をだます話が日本社会から消えたというのは正しい。しかし、物語や芸能といったフィクションの世界では、化け猫の物語も芸能も、決して消滅してはいない。むしろ、日常から動物怪が消滅した今、フィクションであることを前提にしたうえで動物怪は求められているのではないだろうか。動物の中でも、野生動物の狐や狸よりも、人間に近いところに生きる猫の怪は、現代日本人に必要とされているのだと思う。

〈注〉

(1) 中村禎里『日本人の動物観』ビイング・ネット・プレス、二〇〇六年。

(2) 『独道中五十三駅』の引用は『鶴屋南北全集第十二巻』三一書房、一九七四年による。なお、古文献の引用にあたっては、一部表記をあらためた箇所がある。

(3) 『百猫伝』の引用は『新日本古典文学大系　明治編 講談人情咄集』岩波書店、二〇〇八年による。

(4) 化け猫映画については、志村三代子「転換期の田中絹代と入江たか子——化猫と女優の言説をめぐって」『映画と身体／性』森話社、二〇〇六年ならびに志村「怪物化する女優たち——猫と蛇をめぐる表象」『怪奇と幻想への回路』森話社、二〇〇八年を参照。

(5) 入江たか子『映画女優』学風書院、一九五七年。

(6) 『亡霊怪猫屋敷』の引用は、山下武編『橘外男ワンダーランド怪談・怪奇編』中央書院、一九九四年による。

（7）同右。

（8）内山節『日本人はなぜキツネにだまされなくなったのか』講談社現代新書、二〇〇七年。

（9）猫の踊りと芸能の関係については、小林光一郎「『踊り歌う猫の話』に歌が組み込まれた背景――猫じゃ猫じゃの歌を事例に」『非文字資料研究の可能性：若手研究者成果論文集』神奈川大学21世紀COEプログラム「人類文化の体系化」研究成果報告書、二〇〇八年を参照。

〈コラム5〉

恋する猫——猫になりたい

早川由美

ペットの猫

「鍋島の猫」の実録の中で小森が猫を大切にかわいがるようすが描かれていたように、江戸時代の人々にとって猫は身近なペットであった。時期になると食事をすることも忘れて恋に没頭する猫の姿は、しがらみにとらわれた人間にとってうらやましく映ったのだろうか。室町時代の連歌にはなかった新しい恋の言葉として「猫の恋」が俳諧の春の季題となったのは江戸時代の初め頃であり、「恋」と「猫」は密接なつながりを持つようになった。

もともと、連歌の中での猫は『源氏物語』の柏木が女三宮の姿を垣間見る場面を元に使われていた。江戸時代の見立て絵や衣装の文様にも女三宮が猫の綱を引く姿が使われており、近世前期の猫模様について調べた藤井享子氏の論考では、「小袖の猫模様の典拠には、女三宮と猫の妻乞、そして猫の所作があげられる」とされている（『服飾美学』49号、二〇〇九〔平成二十一〕年九月、お茶の水女子大学）。十二単の女性のペットである「猫」は、雅な王朝物語の許されない恋を連想させるものであった。

猫になりたい

恋猫の句として名高い「うらやましおもひ切時猫の恋」（越智越人『猿蓑』元禄四年刊）は、人間が持つ諦めきれない未練な思いと対比して、さっぱりと相手を忘れることができる猫をうらやむ。恋に関して人間はいろいろと不自由だ。「おぼしめさば猫になりともなりたしや」（『時勢粧（いまようすがた）』寛文十二年成）は、恋しい人に可愛がられるならば猫にでもなってみたいという句である。

歌舞伎の中で、猫の手をして猫のしぐさを真似る「猫の所作」は、元禄六（一六九五）年の水木辰之助の『今源氏六十帖』に始まる。これは化け猫ではなくて、猫が取り憑く・猫の魂が乗り移るという怪異の様であるが、「猫と成てなりとも、いくよ様と夫婦に成たい」と自ら望んで猫を憑依させたもので、未練いっぱい恋する女の「恋猫」の所作であった。猫のまねという常軌を逸する動きで、恋する男に抱かれるための切なる恋心を表現する「猫の所作」は難しい。ほとんどの役者は、殺した猫に取り憑かれたための異常な行動として飛んだり跳ねたりという軽業(かるわざ)の「猫の所作」をしていた。

　歌舞伎で猫の所作が再び演じられるようになるのは、江戸も中期に入ってからであり、名だたる女方たちが猫の所作を演じている。

①明和八(一七七一)年十一月　江戸・森田座
『葺換月吉原(ふきかえてつきもよしわら)』
猫の妻といふめりやすにて愁嘆　山下金作

②安永八(一七七九)年十一月　江戸・市村座
『吾嬬森栄楠(あずまもりさかえくすのき)』
猫の所作　瀬川菊之丞

③天明二(一七八二)三月　京南側
『けいせい花洛詣(きょううちもうで)』
ねこのせうねうつりしつとの所大でき　中村富十郎

④天明五(一七八五)年正月　大坂・中村粂太郎座
『傾城睦月(けいせいむつき)の陣立(じんだて)』
猫の斑になりし狂言　岩井半四郎

①③は、女三宮という登場人物、②では女三宮の猫の霊が憑依する。共通する趣向は、一人の男と二人の女という三角関係、身分違いの叶わぬ恋に苦しんで恋敵の女への嫉妬から猫の所作を行う。この時、引き抜きでまだら模様の衣装となって猫へと変身したことを示す。猫になることで女達は何を可能にしようとしたのだろうか。

　先行する『今源氏』や『今川本領猫魔館』などでは、悪人たちに兄妹だと言われて男を諦めるように強要される。近親相姦という最大のタブーが女の前に立ちはだかる。ところが、女たちは「猫になる」ことでそれを乗り越えようとする。

「もしこのままで焦がれ死に死んだら、お膝の上へ抱き上げられ、お前のお手でひかるるやうにわしや猫になるぞへ。猫じや猫じや、わしや猫じや、猫は兄弟夫婦になつても大事ない」（『今川本領猫魔館』続帝国文庫『文耕堂浄瑠璃集』博文堂、一九〇三〔明治三十六〕年）

傾城奥州は「猫になりたい。恋しい仲秋の膝に抱かれ、死んだ後は三味線の皮となってその手で弾かれるように」と願う。人の道を踏み外した畜生となってでも、恋しい男と添いたいという、恋の狂気を表す言葉である。

①や③では、「猫の妻」という長唄（めりやす）で愁嘆の様を見せる。

三年なじみし猫の妻。若し恋死なば三味線の可愛いのものよ。色に弾かるる中継ぎの。棹は契りの鉄刀木。逢はぬつらさは。どの上駒の撥あたり。三は切れても二世の縁。思ひ切られぬ糸巻きの。絶えて根締は一期忘れん（『日本名著全集　歌謡音曲集』同刊行会、一九二九〔昭和四〕年）

ここでは三味線尽くしで男への未練を歌い上げる。自分につれない男を恨んではいるが、思い切れない、そういう切ない恋心を表現する。「わしや猫じや」と言い切れば、恋しい男に可愛がられる飼い猫となることができる。恋する女は、猫が憑いたとして猫のしぐさを真似て猫の所作を行い、人の世のタブーを越えるのである。

猫漫画の古典『綿の国星』（大島弓子、白泉社文庫、一九九四年）に「お月様の糞」という話がある。

図 C5-1　『綿の国星 3 お月様の糞』白泉社文庫

歳の離れた隣のバツイチ百済さんに恋をしている中学生の歌音は、猫になろうと決心する。「あたしは気が狂っている。演じつづければいつか　きっと猫になれる。要は意志力だとまじめに思っている」と独白する。猫になったら、百済さんが「この猫を飼おう」といってくれる結末を信じて、隣の飼い猫だったフンの真似をし続ける。両親が困惑していると、インチキくさい占い師が来て、この娘には死んだ猫フンの霊が憑いているという。すると、歌音は死んでしまった百済さんの飼い猫を庭へ埋めたことを告白する。百済さんに可愛がられているフンを、自分が殺したのではないかと思っていたのである。百済さんは彼女の真剣な思いを受けとめる決心をしてハッピーエンドとなるのだが、猫の憑依現象なのか、猫になりたいという願望なのか、江戸時代の恋猫に通じる話ではないだろうか。

猫の毛色

歌音が真似していたのは、百済さんの飼い猫だった野良猫あがりの茶色い猫フンであったが、江戸の恋する女たちにとって変身する猫は、「からねこ（唐猫）」でなければならない。変化②や④の舞踊場面の詞章は、安永二（一七七三）年の『三扇雲井月』の「猫」の詞章と共通する部分が多い。

〽敷島の大和にあらぬ唐猫の君が為にと現れ出で、つれなき人のその為に、身は亡骸をさりとては、叶はぬ恋に迷ひ来て浮かみもやらずあさましや。この世からさへ畜生の、その唐猫の性を受け、未来の程ぞ怖しや。（『日本歌謡集成　九』東京堂出版、一九六四年）

と始まる。『夫木抄』猫の部に花山天皇御製として出る歌や女三宮と柏木の叶わぬ恋のイメージを重ねて、唐猫は叶わぬ恋を象徴するアイコンである。

芝居の絵番付や着物の模様でも、女三宮の唐猫はまだらの三毛猫である。しかし、実際の唐猫は宇多天皇の日記『寛平御記』寛平元年二月六日の記事によれば「その毛色類はず愛しき云々。皆浅黒色なるに、此独り黒く墨の如し」(『続々群書類従』)とあるように、漆黒に輝く猫である。『枕草子』でも清少納言は、「猫は、上のかぎり黒くて、腹いと白き」と黒猫を愛でている。

竹久夢二が描く「黒船屋」の愁いを含んだ美女に抱かれている黒猫のイメージのように、江戸時代の雑俳にも「逆さまに猫撫て居る片思ひ」(享保年中・『巻ばしら』)や「可愛がり・痩手で黒い猫撫る」(明治三六・『京の花』)など、恋患いの労咳の娘は病に効くという黒猫を可愛がっている(鈴木勝忠『江戸雑俳　上方娘の世界』三樹書房、一九九七年)。

女三宮の恋猫

平安の雅な恋の象徴である女三宮の猫は、八百年以上たった江戸時代にも生き続けていた。

『独道中五十三駅』(文政十〔一八二七〕年)の猫石の精は、女三宮の猫がかなわぬ恋に苦しんだお松(松山)の怨念と合体したもので、「恨みはつきじ唐猫の、万業つきぬ身」と名乗る。怪猫が着ている十二単は、その雅の具現化でもある。

江戸中期頃までの女三宮の唐猫は、憑依しても猫の真似をさせて相手の男の気をひく程度であったが、江戸の後期になると『独道中』のように恋敵の女を

図 C5-2　女三宮(歌川豊国)(『名家画譜中』金港堂、1896 年より)〔所蔵＝国立国会図書館〕

食い殺してしまう怪猫となった。実録『二尾実記』の怪猫は、全身まっ黒な猫であったため、一条天皇が亡くなった時に行方不明になった唐猫ではないかと言われている。平安の雅と恋を代表していた「唐猫」も恋心を忘れて単なる妖怪となってしまったのか。

講談の「鍋島の猫」では、怪猫が殿の側室や小森の妻となって色仕掛けで衰弱させる話も含まれ、宝井馬琴の後説では「講談にしては珍しく、エロ・グロ的な場面が多く、怪談としてよりも、特殊なお色気が売り物であった」と言われている（『定本講談名作全集』）。

白、灰毛、虎毛、キジ、ぶち、はちわれなど猫の毛色は様々あるが、江戸時代の猫のイメージは芝居や絵で描かれた三毛の印象が強い。しかし、川柳などで詠まれたように恋する娘には黒猫が似合いそうだ。

千年の時を経て生き続けているであろう女三宮の唐猫は、一見普通の猫として今も暮らしているのかもしれない。どのような毛色をしていても、飼い主が恋心を忘れなければ、怪猫にならずに恋をかなえてくれる恋猫でとどまっていてくれることだろう。

〈おわりに〉

福を招く猫

飯倉義之＋白澤社編集部

江戸の時代に有名になった化けたり祟ったりする猫を中心に、さまざまな猫たちを取り上げてきたが、最後に福を招く猫からパワーをもらって締めることにしよう。

招き猫発祥の地として今日有名なのは東京・世田谷区の豪徳寺（ごうとくじ）だ。

江戸の初め、彦根藩二代目藩主・井伊直孝（いいなおたか）が寺の前を通りかかると、一匹の猫が直孝を招く。興味を持って寺を訪ねるとたちまち雷雨となった。雨宿りがてらに和尚の法談を聞いて感じ入った直孝はその寺を井伊家御菩提所とし、その後寺は直孝の戒名にちなんで豪徳寺と称されたという。

豪徳寺では縁起物として招福猫児（まねぎねこ）を授与しており、そこに添えられた由来書きには、猫の霊験が次のように述べられている。

豪徳寺山門（上）と境内の招猫殿に奉納された招き猫たち（下）
（撮影＝編集部）

（前略）是〔和尚が可愛がっていた猫が井伊直考を寺に招き入れたこと〕ぞ豪徳寺が吉運を開く初めにしてやがて井伊家菩提所となり田畑多く寄進せられ一大伽藍となりしも全く猫の恩に報い福を招き奇篤の霊験によるものにして此寺一に猫寺とも呼ぶに至れり。和尚後にこの猫の墓を建ていと懇に其冥福を祈り後世にこの猫の姿形をつくり招福猫児と称へて崇め祀れば吉運立ち所に来り家内安全、営業繁盛、心願成就すとて其の霊験を祈念することは世に知らぬ人はなかりけり。

境内の招猫殿に奉納された多くの招き猫像は外国人観光客の注目スポットでもある。招き猫の御利益はいまだ健在といえる。そして、この伝説をアレンジして誕生したのが、井伊家の居城である滋賀・彦根の彦根城のマスコットキャラクターとして観光客に大人気のゆるキャラ・ひこにゃんである。ひこにゃん公式サイトのプロフィールによると、「彦根藩二代当主である井伊直孝公をお寺の門前で手招きして雷雨から救ったと伝えられる〝招き猫〟と、井伊軍団のシンボルとも言える赤備え（戦国時代の軍団編成の一種で、あらゆる武具を朱塗りにした部隊編成のこと）の兜（かぶと）を合体させて生まれたキャラクター」とある。招き猫伝説はこうして現代にも伝えられているのである。

江戸の招き猫発祥の地としてはもう一つ、東京・台東区の浅草がある。近世以来、浅草の北東部にあたる今戸近辺で作られていた今戸焼の招き猫は有名だった。

浅草花川戸の老婆が貧しさゆえに愛猫を捨てた。するとその猫が夢枕に立ち「自分の姿を人形にして祭れば必ずや福徳を得る」と告げた。そこで今戸焼の猫の人形を浅草寺の参道で売ったところ、招き猫として大評判となった。この故事は斎藤月岑（げっしん）『武江年表』の嘉永五（一八五二）年の記事にある。

浅草花川戸の辺に住める一老嫗（ろうう）、猫を畜（かい）て愛しけるが、年老いて活業もすゝまず、貧にして他の家に寄宿して余年を送らんとせし時、その猫に暇を与へなく〳〵他家へ趨きしが、其の夜の夢

今戸焼白井の丸〆猫
（撮影＝編集部）

丸〆猫は、横座りで右手を挙げ、お尻のあたりに丸〆の印が入っているのが特徴。

写真は、今戸焼白井の六代目・白井裕一郎氏作。歌川広重の浮世絵「浄ゐり町繁花の図」に描かれた丸〆猫を再現したもの。

※江戸時代から続く窯元・今戸焼白井様のご厚意で、予約で数年待ちという丸〆猫を撮影させていただきました。ここに記して感謝いたします。（編集部）

中にかの猫告げていふ。我がかたちを造らしめて祭る時は、福徳自在ならしめんと教へければ、さめて後その如くしてまつる。夫よりたつきを得てもとの家に住居しけるよし。他人此の噂を聞きて、次第にこの猫の造り物を借りてまつるべきよしをいひふらしければ、世に行はれていくらともなく今戸焼と称する泥塑の猫を造らしめ、これを貸す。かりたる人は、蒲団をつくり、供物をそなへ、神仏の如く崇敬して、心願成就の後金銀其の外色々の物をそへて返す。其の鄽は浅草寺三社権現鳥居の傍にありて、此の猫を求むる者夥し。（後略）（金子光晴校訂『増訂 武江年表 2』平凡社東洋文庫、一九六八年より）

現在は、今戸の鎮守社である今戸神社が「招き猫発祥の地」と名乗り、パワースポットとして観光客の人気を博している。今戸焼の招き猫の生産地が今戸であるという意味ではその通りだが、浅草の招き猫伝説の故地は、『武江年表』にある通り、やはり現在の浅草神社周辺だろう。今戸焼の猫は古くは「丸〆猫」と呼ばれ、縁起物として売られていたらしい。豪徳寺の招き猫もかつては今戸焼が用いられていたという。

こうした招き猫信仰は豪徳寺や浅草にかぎらず各地にあり、特定の寺社を中心に発生したものとは思われない。むしろ猫が客や幸福を招くという俗信が成立し、招き猫の縁起物が成立した後に、社寺の縁起に招き猫俗信が習合されて伝説が整えられたものと考えられる。

そこには猫の生態に関わる「顔洗いの俗信」が関係する。「猫が顔を洗うと雨が降る」という俗信がある。この俗信は天気の変化と実質的には関連しないようだが、実際に猫は前足で顔をていねいにぬぐう行動を取る。この猫の顔洗い行動は、口周りの食べ残しや目やにの除去、ひげの手入れといった毛づくろいのためであると同時に、猫にとっては気分転換、失敗から気を取り直すリフレッシュ行動といわれる。猫が気を取り直すための仕草が、商売繁盛の客招きに比されたといえる。

猫がなぜ、人を招き、福を招くといわれるのか。そこには、さまざまな由来・伝説がある。現代の猫と猫グッズの人気を見ても、猫は「かわいい」と「霊力・ご利益」のはざまの存在なのだ。猫はこの世と他界をつなぐ力をもっていると人々は信じてやまないのである。

とはいえ当の猫自身は、そんな人間の思惑など歯牙にもかけず日々をすごしているだろう。そこもまた、猫の魅力なのである。

執筆者紹介（執筆順）

横山泰子（よこやま やすこ）　前口上、第七章

1965年東京都生まれ。国際基督教大学教養学部卒、同大学大学院比較文化研究科博士後期課程修了。法政大学教授。主な著書に『江戸東京の怪談文化の成立と変遷』（風間書房）、『妖怪手品の時代』（青弓社）など。

早川由美（はやかわ ゆみ）　第一章、第二章、コラム5

1959年愛知県生まれ。奈良女子大学大学院人間文化研究科博士後期課程修了。奈良女子大学博士研究員など。論文に「『吾嬬下五十三駅』考―猫騒動と天一坊物実録の利用―（『文学』2015年7月、岩波書店）など。

門脇　大（かどわき だい）　第三章、第四章、コラム4

1982年生まれ。神戸大学大学院人文学研究科博士課程修了。専攻は日本近世文学。神戸星城高等学校ほか非常勤講師。論文に、「海の化物、海坊主――化物の変遷をたどる」（鈴木健一編『海の文学史』三弥井書店、所収）など。

今井秀和（いまい ひでかず）　第六章

1979年東京都生まれ。大東文化大学大学院文学研究科博士課程修了。博士（文学）。専門は日本近世文学、民俗学、比較文化論。国際日本文化研究センター機関研究員。主な著書に『怪異を歩く』（共著、青弓社）など。

飯倉義之（いいくら よしゆき）　第五章、おわりに

1975年千葉県生まれ。國學院大學文学部卒、同大学大学院文学科博士後期課程修了。國學院大學准教授。主な著書に『ニッポンの河童の正体』（新人物往来社、共著）、『日本怪異妖怪大事典』（東京堂出版、共編著）など。

広坂朋信（ひろさか とものぶ）　コラム1

1963年東京都生まれ。東洋大学文学部卒。編集者・ライター。主な著書に『東京怪談ディテクション』（希林館・現在絶版）など。

鷲羽大介（わしゅう だいすけ）　コラム2

1975年岩手県釜石市生まれ。国立宮城高専（現：仙台高専）電気工学科中退。ブロガー。2010年より「せんだい文学塾」運営委員会会長。
ブログ http://d.hatena.ne.jp/washburn1975/

朴庾卿（パク ユギョン）　コラム3

1978年生まれ。法政大学大学院修士課程修了。現在、同大学院博士後期過程。研究テーマは動物表象を中心とする日韓比較文化。論文に「韓国における猫の認識変化とその社会的・象徴的意味」など。

〈江戸怪談を読む〉

猫の怪（ねこのかい）

2017年7月20日　第一版第一刷発行

著　者　横山泰子・早川由美・門脇大・今井秀和・飯倉義之
鷲羽大介・朴庾卿・広坂朋信

発行者　吉田朋子

発　行　有限会社 白澤社（はくたくしゃ）
〒112-0014　東京都文京区関口1-29-6　松崎ビル2F
電話 03-5155-2615／FAX03-5155-2616／E-mail：hakutaku@nifty.com

発　売　株式会社 現代書館
〒102-0072　東京都千代田区飯田橋3-2-5
電話　03-3221-1321㈹／FAX　03-3262-5906

編集協力　窓月書房 山本繁樹
装　幀　装丁屋 KICHIBE
印　刷　モリモト印刷株式会社
用　紙　株式会社市瀬
製　本　鶴亀製本株式会社

ISBN978-4-7684-7966-7